大
方
sight

[加] 李一洋 著

灰耳朵

中信出版集团 | 北京

图书在版编目（CIP）数据

灰耳朵 /（加）李一洋著 . —北京：中信出版社，2022.8
ISBN 978-7-5217-3564-2

I.①灰⋯ II.①李⋯ III.①长篇小说—加拿大—现代 IV.① I711.45

中国版本图书馆 CIP 数据核字（2021）第 186847 号

本书中文简体版由北京行距文化传媒有限公司授权
中信出版集团股份有限公司在中国大陆地区（不包括香港、澳门、台湾）独家出版、发行。

灰耳朵
著者：　（加）李一洋
出版发行：中信出版集团股份有限公司
（北京市朝阳区惠新东街甲 4 号富盛大厦 2 座　邮编　100029）
承印者：　北京雅昌艺术印刷有限公司

开本：850mm×1168mm 1/32　　印张：8.5　字数：176 千字
版次：2022 年 8 月第 1 版　　　印次：2022 年 8 月第 1 次印刷
书号：ISBN 978-7-5217-3564-2
定价：58.00 元

版权所有·侵权必究
如有印刷、装订问题，本公司负责调换。
服务热线：400-600-8099
投稿邮箱：author@citicpub.com

给梦佳、啾啾和豆腐

目录

楔子 _1

  第一章 **火塘** _3

  第二章 **鹿石** _31

  第三章 **雾地** _83

  第四章 **洞中** _135

怪家伙的自白 _205

  第五章 **洞外** _217

尾声 _251

后记 _255

楔子

　　少年赶着羊群来到山坡。山坡上只生长着茇茇草，羊群中有三只山羊和十四只绵羊。又是一个好天气。

　　当他和它们爬上山坡的顶端，少年在一块被晒热的石头上坐下，放任羊游荡和吃草。他不必担心它们走散，因为三只山羊是十四只绵羊的首领；只要山羊不走下山坡，绵羊就不会跑得太远。山坡上的茇茇草够它们吃上一天。

　　每当少年准备离开家中的火塘，少年的父亲都会提醒他不要忘记带上三只山羊。他知道父亲很聪明，但肯定不是第一个这样做的人，因为其他少年在离家前也会受到相似的嘱咐。他父亲的父亲必定也曾嘱咐他的父亲。在那之前呢？是谁第一个知道山羊能在羊群中引领绵羊？是他们的祖先——可没人能告诉他祖先是谁。

　　他们是一群遗忘了祖先的人，随之被遗忘的还有他们的故土。战乱和大寂静驱赶他们从故土来到了只有茇茇草生长的地方。寥寥无几的幸存者已不能将残破的记忆拼接成完整的历史，只有像"山羊能引领绵羊"这样的日常经验被流传下来。但这些琐碎的知识也在一点一点地消失。用不了多久，当所有的记忆枯竭，他们就会消亡。不过消亡不等同于死亡，而是成为其他人——就像被山羊带领的绵羊终将认为它们自己也是山羊。

少年想不了那么多。他只懂得在被晒热的石头上一边坐着，一边哼着没有歌词的牧歌。牧歌的旋律倒是他自己编出来的。放羊时，他有很多时间推敲如何把牧歌唱得更动听。但无论牧歌的旋律有多美妙，他总觉得欠缺了点什么。一盏银杯中应该盛有蜜酒，一座毡房中应该有人酣睡。

听着自己无意义但动听的哼唱，少年即将入睡。他不需要让自己打起精神——打个盹的空当，山羊还不至于走下山坡。于是他放任自己入睡。在短暂的睡梦中，他见到了一个美丽的女人。她身穿白狐皮制成的长袍，头戴一顶形似鹿角的奇怪头饰。女人给他讲了一个很长的故事——关于他祖先的故事。故事中有一片树林，一头鹿，还有一头熊。梦中的他只是听着，不能也不想提问。当第一个问题在他心中浮现时，他便醒来了。

少年用黝黑的手臂擦了擦眼睛，回忆着梦中听到的故事。他不知道故事是否真实地发生过，也不知道故事中的角色是不是他的祖先。但不打紧，那是一个好故事。好故事应该被记住，就像好听的牧歌应该配上歌词。

他开始磕磕绊绊地把梦中的故事用牧歌的旋律唱出来。唱完后，他还要赶着三头山羊和十四头绵羊回家。

第一章 火塘

1

当火塘开始整夜燃烧时,他们即将上路。每一年都是这样。

三个夜晚之后——不,也许只要两个夜晚——暴风雪就会到来。在那之前,以他的屋子为起点向四方延绵不尽的绿色将急速枯萎,化为灰色的沙砾;持续已久的虫鸣,风拂动草尖的窸窸窣窣,甚至是植物衰败的声音,都将归于寂静。是三个夜晚还是两个夜晚,对他而言并没多少差别。他只知道,只有在完全的寂静中,暴风雪才会到来;只有在暴风雪到来前上路,他们才能活过这个冬天。

幸好,这里早就不值得留恋。长过膝盖的草都已黄了,吃在嘴里像咬着一条老缰绳。有时他需要垂着头踱出很远,才能找到一片勉强能入口的草丛。或许是因为这些草长在避风的大岩石背后,所以尚未被吹干,还能让他咀嚼出一口青色的汁水。那是不久前夏日的滋味。

夜幕降临前,狂欢的沙蝇更让他不胜其扰。或许是知道自己命不久矣,秋末的沙蝇会发了疯似的叮咬一切活物的皮肤。他只能依靠不断摆动尾巴驱赶沙蝇,但除了让它们在空中多打一两个转,并不能换取片刻的安宁。他烦躁地扯了扯套在脖子上的皮绳。

夜晚寒冷，但通常是安静的，而今晚他的四周格外吵闹。火塘一座座被燃起，火上烤炙着各种动物的肉，油脂滴入火焰中发出噼啪的声响。忽明忽暗的火光带来温暖和困倦，却迫使他不得不睁开眼睛。

人们拿出盛满蜜酒的陶罐，围坐在火塘边窃窃私语。从他们注视火光的目光中，他似乎嗅到了某种凝重——如草被风吹动前的静止一样。不知从何时开始，他们漫不经心的交谈汇成了某种旋律，于是他们因循着这旋律拍起手来。他们大声歌唱，但他一点都不理解他们在唱什么，只见陶罐一个个地被一饮而空，再被丢入火塘之中。

每一座火塘都属于一个家族。大家族的火塘由四五层柴火叠起来，烧起来的火焰比他的肩膀还要高。至于最小的火塘，甚至不能被称为火塘了，不过是一个土坑中燃烧着几段柴火，旁边坐着两三个沉默的老人。然而，即使把所有的火塘都放在一块儿，也不如中间的大火塘宏伟。这座火塘的大小足以让每个家族的年轻人都围成一圈。事实上，那就是属于年轻人的火塘。面对熊熊烈火，他们尽情地饮酒、跳舞、互相咒骂或倾诉爱慕之意。汗水、酒和火焰混在一起。

他用力向前挤，好让自己看得更真切些，前腿被勒得生疼，最终还是被缰绳固定在原地。这时，从大火塘外的阴影中缓缓走出一只庞然巨物。它两脚直立，浑身长着黑毛，脚步笨重而有力。所有人的目光都聚集在它身上，身体却避开它途经之处。他和他的同伴们本能地感到不安，鼻孔开阖，不断地用四蹄踩踏地上的干草。

野兽走到了大火塘的旁边——近得甚至被火苗燎到了毛发——向聚集过来的人们发出一声咆哮。远离火塘的他猛然抬起前腿,准备转身逃窜,野兽背后的火苗也被吓得矮了一头,只有人们不紧不慢地围成了一圈。

野兽绕着火塘向围住它的人类低吼,偶尔还背对着他们撅起屁股。被挑衅的人群沸腾起来,报以诅咒和唾骂,但没有人敢上前一步。这让野兽变得越发肆无忌惮,它享用着摆在一旁的蜜酒与烤肉,酒足饭饱后,向火塘内拉了一泡屎。

带着愤怒,人们纷纷让出一条过道,迎接一名手持长矛的猎人。猎人的头上有一双大角,面孔被一副木制的面具所遮盖。压低着身子,像是怕惊扰野兽,他一步步地逼近,而野兽则一步步地后退,直到再退一步就将踩入火塘。

猎人与野兽的搏斗开始了。尽管猎人不懈地进攻,但刺出的长矛总能被野兽巧妙地避开,几个来回之后,反而被它的利爪撕破了衣服。很快,他的手开始颤抖,指向对手的矛尖也不再坚定。终于一个不小心,他的长矛被野兽一把夺去,像根枯树枝一般被投入火中。

失败的猎人垂头丧气地坐在地上。这一次,人群把诅咒和唾骂投向了猎人。猎人尝试从人墙的缝隙中钻出去,但每一次都被挡了回来。数次之后,他只能重新面对野兽。面对着野兽,他从腰间抽出一把猎刀。见到猎刀,野兽反而安静下来,盯着猎人看。而人群继续注视着火塘边的对决。

接下来发生的事，连远离火塘的他也感到震惊。匍匐在地的猎人双手捧着猎刀，等候野兽的处置。野兽脚步沉稳地走近，用笨拙的爪子从他手中接过刀柄。孩子们都捂住了眼睛，似乎知道接下来会发生什么。

野兽吼叫一声，将猎刀插向自己的胸口，再向上一提，割开了厚实的皮毛和肌肉。它笨拙地将爪子伸入胸腔，不停地摸索着。当它似乎抓住了什么时，便用力向外一扯——捧在它爪子上的是一颗硕大的心脏。所有的老人、孩子、男人、女人这时都跟猎人一起匍匐在地，像是在感谢野兽的馈赠。接下来，他们迫不及待地冲向野兽，手里拿着用来割肉的刀。

他远远地看着这一切发生，屏住呼吸。

在人群之外，猎人独自起身，疲倦地摘下了鹿角。

他丝毫不理解刚刚所目睹的一幕。在紧张和燥热的空气中，他只想喝点水。昨天在西边的草甸上看到过一摊清澈的水洼，不知今天还有没有。这样想着，他就走了起来，踏过被扯断的缰绳，经过酣睡中的同伴，走出马厩，跃过栅栏，向西边的草甸——向远离火塘和人类的方向——跑。

2

野猪皮意识到：一定出了问题。

昨晚喝了太多的酒，头痛得像被马蹄子踢过一脚，而且那匹马似乎依旧在他脑袋里踏来踏去。在凌晨前的某个瞬间，他甚至不再记得自己是谁，只依稀知道自己年少时偷过一张弓，被抓到后把罪责推到了一个朋友身上。不知为何，每次喝完酒后他都会记起那个朋友错愕的神情。对他而言，与其说是感到愧疚，不如说是怀念。只要再多喝一点，就能回到那个时候了，他这样想。

在醒来之前，他处于一个奇怪的梦境之中。他在原野上不停地追逐着什么——可能是与自己玩耍的同伴，抑或是将死于自己利齿的猎物。梦境很真实，他甚至能听到爪子刨抓泥土的声音，还有心脏撞击胸腔时所发出的震动。已经许久没有过如此畅快的感受。后来，当他来到一片树林的入口，他的对手止步，望着他，一副欲言又止的模样。在准备扑向对方时，他的眼睛睁开了，头顶是毡房的穹顶。

只要最终会醒来，即使喝再多的酒，对于野猪皮来说也不算问题。他知道，无论自己的神智如何迷失，最终总会一点一点地凝聚。不像他齐腕而失的右手，或他的儿子、毡房以及前往冬牧场前需要做的准备，都会从混沌中再次成型，变成一条条束缚他的绳索。只要这些绳索还在，他就能醒过来，就能在天明前跨上马，就能去打猎和放牧——所以一切都不是问题。

然而他已很久没有不受干扰地睡到正午。平时，在第一缕阳光照入毡房之前，他就得开始一天的辛劳。牲畜的食槽内需要加入谷料和水，羊圈内的粪便需要清扫，母牛胀了一夜的乳房需要挤干净，野兔和小角鹿需要在清晨狩猎，马群需要引到长过膝盖的草地吃草，而羊群则需要赶到只有嫩草和草根的地方。直到日暮，他才会骑马归来，把每一匹马和每一只羊送进圈棚。

而那天，野鸟的鸣叫和拍动翅膀的声音仿佛只是在告诉他：睡吧，今日无事。但猎人的本性让他汗毛直竖，就像伏在灌木中等待猎物时，骤然发现身后有一双注视自己的眼睛。他从温暖的毛毡上弹起身，睁开眼，迈着踉跄的脚步走出毡房。

至少看上去，那的确是无事的一天。火塘中深红色的余烬仍未熄灭，空气中飘散着酒与焦肉的气味。昨夜的欢闹在大多数人的睡梦中延续着。外边只有几个酒醒了一半的年轻人，步履蹒跚地摸索回毡房的路。他用他唯一的一只手抓住其中一人的肩膀，问了几句话，得到几句含糊的答复。

野猪皮迈开脚步走向一座毡房，像是要追赶一只即将消失的野兔。毡房被掀开，从里边传来熟睡的鼾声。他看到两对裸露在毛毡之外的肩膀。毛毡被掀开，两具年轻的身体被晾在空气中。野猪皮把他要找的人拽出毡房，随手捡起一件皮毛长衣披在他身上。

在凛冽的秋风中，野猪皮面前的少年清醒了许多，但还没清醒到能猜出野猪皮的用意。

"马呢？"野猪皮问。

过了好一会儿，少年终于能给出一个答复："在马厩里。"

话音刚落，他就被野猪皮拖着走向马厩。他企图挣扎，但因为眩晕，他使不出一丝一毫的力气。他喝得比我还多，为什么仍然像熊一样？他不能理解。这时越来越多的人走出毡房，目睹这场好戏。刚才与少年同寝的少女也探出半个身子。

围观者猜测：野猪皮的酒还没醒。的确，自失去拉弓的手后，他保持清醒的日子可能还没他猎获的猎物多。在昨晚如此重要的日子——任何一个父亲都会喝得烂醉的日子——他肯定不能幸免。可是只有野猪皮知道，他现在比任何时候都清醒。

他十分清楚地想起来，在熊赐开始前，为了准备当晚的夜草，他还披着沉重的熊衣来过马厩。至少在他离开前，那匹该死的孤马还站在那，脖子上挂着一只草环。那是部落中的孩子常制作的道具，他们用狗尾草和杨树枝编成一个圆环，再从两侧各束起一根枝杈，粗略地仿制熊赐时猎人所戴的头饰。必定是哪家的顽童曾在马厩中胡闹。他有些生气。不过，年幼时他也曾头戴这样的草环，手持木棒，模仿祖先的一举一动。无论男女，每一个孩子都想扮演灰耳朵，因此他总是找不到扮演野兽的搭档。那么多年过去了，轮到他不得不装扮成野兽，与英勇的灰耳朵一决胜负。在仪式即将开始前，他终于从回忆中挣脱，走出了马厩。草环不曾被取下。

他们走过一排因饥饿而焦躁不安的马，来到那匹马应在之处，看到的是散了一地的套绳。少年以为自己尚在梦中，而野猪皮拿起绳子仔细地端详着。套绳的一端紧紧地系在木桩上，中间有一团被打成四叶草形状的绳结，另一端的绳头却散成几缕皮条——明显是被扯断的痕迹。他瞬间明白了。

"为什么不打两个结？"他质问年轻人。

少年过了一会儿才说："一个结，它更舒服。"

野猪皮喘了一口粗气，对年轻人说："找马。"

因几日前的雨水，地上的沙土仍然松软，马蹄印很快被发现。野猪皮摸了一下泥土，说："干的，一定是昨晚挣断了套绳。"

"傍晚前我看过，套绳都在。"少年不服气地回答。

"它已经跑了。"

"我的马不会跑。"

"它还不是你的马。"

少年无法反驳，因为他知道野猪皮是正确的。只有过了今天，灰耳朵才属于他。事实上，在那之前，他既不拥有任何东西，任何东西也不归他所有。

自少年从冬牧场骑回灰耳朵，野猪皮就手把手地教他如何驯服一匹野马。首先，要拿七岁以上老牛制成的熟皮，割成和食指一样宽的四根皮条，每根的长度要比马屁股到马耳朵的距离长一个手臂；把皮条浸水后，要拧成一束，放在烈日下暴晒三天，让皮条因收缩而咬成一条皮绳；皮绳成型后，要用一种布满空隙的红色石头反复打磨，直到皮绳变得细润如肌肤，再涂抹羊羔的脂肪（这样皮绳才不会磨伤马的皮毛）。同时，要找一根十年以上的白桦木作为拴马的木桩，埋入半人高的泥土中，再用绳子在木桩上打一个死结；用皮绳套住马的身体后，要在马的左前腿和右前腿处各打一个绳结。根据乌丹人的习俗，野马被骑回后，除了白天在草原上吃草的时间，要这样被拴上整整七个月。他们相信，七个月后，人与马之间的羁绊才会变得牢不可破——才得以证明那个人配成为那匹马的主人。

在那之前，即使完成了熊赐的仪式，大到一匹马，小到一块石头，都不属于少年。对于部落中的少年们，那些仪式不仅仅是成人的象征，同时意味着从此他们可以拥有自己的毡房和马，猎获的猎物也将归自己所有。更重要的是，有了这些，他们就无须再听从父亲的吩咐。

虽然在少年看来，熊赐的仪式无聊且繁杂琐碎，但好在只须配合一个晚上。驯马这件事则麻烦得多。从把马骑回部落开始，他就必须亲力亲为地照顾它，从准备早晚各一次的草料，到带它去草场放风，再到清理它的粪便，更不用说拴马时必须遵循的步骤。

比起祖先灰耳朵在她的第一匹马身上绑了几个绳结，他更关心他的马能否睡得安稳。有一次他问野猪皮能否系个简单点的绳结。野猪皮没有直接回答他的问题，只是对他说："灰耳朵就是这么系马的。"于是年轻人不再说话。对于乌丹人，质疑灰耳朵就如同质疑所有人的母亲。在他心里，他并不十分相信那位母亲曾经存在，不过他也知道，如果告诉父亲自己的想法，换来的只会是一巴掌。比起追问真相，部落中的人宁愿相信他们有过一位伟大的祖先。

野猪皮一边拨开沿途的草，一边寻找蹄印。或许是因为昨夜的动静，它从马厩溜出去后，并没有在部落中徘徊，而是朝着人最少的方向一直走。但从蹄印的深浅观察，它走得很缓慢，似乎不急于逃走，也许还想在沿路找些吃的。最后，蹄印把野猪皮引到了最西边的栅栏。栅栏以西，蹄印开始变得深了，而且排列得更均匀。野猪皮知道，它开始跑了。

这马跑起来像老鹰一样快，已经过了半天的时间，不知道要多久才能追得上？还有两天时间，整个部落就要南迁到冬牧场。如果不能及时赶回，就不可能在大寂静前赶上迁徙的族人，而仅靠他们自身是不可能在大寂静中生存的。

他这样想着，不由得想骂少年一顿，责令他靠自己把马追回来。但他不能那样做，因为第一匹马对于一个即将成年的乌丹人太重要了。

乌丹人终生在马背上度过，因此驯服第一匹马不仅是成人的条件之一，也预示着他的前途。大部分相关的说法都把马的性情与主人的未来联系起来：如果马矫健而性格温顺，主人将成为一个优秀而谦和的牧人；如果马性情刚烈，他则将成为名震四方的战士；若马的身材矮小但有耐力，他定会成为一个好工匠；等等。乌丹人对此笃信不已，并以此预言一个少年人的未来。作为一个父亲，野猪皮知道，当众人对一个人有了既定的期待，他往往会变成众人所期待的样子。

野猪皮的儿子寻获的是一匹长腿的小公马。这预示他将成为寻路人，会帮部落找到更丰沃的牧场。果然，自骑回了那匹马，少年开始以寻路人自居，整日思索应该向哪个方向探索。在广袤的草原上寻找一块可以放牧和居住的地方，听起来并不难。的确，在他每日所见的世界中，最不缺的就是长满了牧草的空地。

虽同属一个部落，除了一年中的春猎和秋猎，乌丹人极少聚集在一起，而是由三五户人家组成一个牧圈，分散地逐水草而居。从野猪皮所在的牧圈向北，要走上三天才能到达另一个牧圈的领地。可并不是一切"空旷"的地方都适合放牧：一些地方有野兽出没，即使在牧人和猎狗的看管下，它们也能轻易地叼走一只羊羔；另一些地方布满了暗藏杀机的沼泽，一个不小心，不管是人还是牲畜都会在绝望中被囫囵吞噬。随着每个牧圈的人和牲畜越来越多，可供他们放牧的草甸越来越少，必须有人去往陌生的草原，寻找适宜放牧的新地。那便是寻路人的职责。

虽然寻路人不比守护部落的战士受人尊敬，甚至也无法享受普通牧人的安定与温饱，但他们被看作是祖先最忠实的继承者，因为最伟大的寻路人——也是第一个——正是灰耳朵。在她所有被传颂的事迹中,包括战胜杉林之主,都不及她曾经的远行荣耀。在乌丹人的传说中,她的马曾咀嚼过每一种草叶,她的火把曾照亮过每一个河谷。

然而,到了少年这一代,寻路人能够探索的土地所剩无几,不是因为他们走得比灰耳朵更远,而是四周多了各种有形无形的壁垒阻碍着他们。因此,灰耳朵的子孙只能依靠语焉不详的古代传说以及过路商旅的夸张见闻,来了解未知的世界。

据乌丹人所知,从他们所在的夏牧场向北,如果带上三匹马,连续不停地骑七天,会来到草原的北方尽头——更北则是只生长着芨芨草的大流沙。不过根据《乌丹夏木》中的记载,只要在大流沙中向北走十四个夜晚,就能来到黑湖。虽然黑湖的水苦咸不可饮用,但黑湖的岸边有数不尽的野羊群、永不变黄的牧草和永不干涸的地泉。黑湖的传说人尽皆知,但没人相信有谁真的能在大流沙中行进十四个夜晚——除了灰耳朵。所以寻路人早已放弃了寻找。

向东的确有大片的草场和丰沛的水源,更难得的是四季的气候更稳定,适宜长期定居。东方的草原上生活着样貌与习俗各异的部落,包括豢鹰为猎的呼兰人、信奉杉林之主的我熊人、白发白须的库伽人,还有更多叫不出名字的部族。据说一直向东,终将来到世界的尽头。那里除了水什么都没有,定居的部落靠捕鱼为生。没有一个寻路人能说清那个部落的名字,或是描述他们的服饰和语言。

少年常常以那些部落的名字或习俗来推测他们各自的相貌。例如,我熊人应该如熊一般壮硕,呼兰人应该长着鹰钩鼻,而那个捕鱼的部落应该穿着渔网一样的衣裳。当然,这些猜测从来没有机会被验证——他只摸到过夏牧场最东边的鹿石。鹿石标志着乌丹人活动范围的边界,过了鹿石再往东,便是任何一个乌丹人都不敢独自前往的领地。

在部落鼎盛之时,乌丹人的确曾在东方的草原上放牧,但现在的他们对东方的不安更甚于对大流沙的恐惧,原因是鹿石以东的土地被一群以劫掠为生的人占据着。没人知道他们来自哪里;因为在作战时他们都戴着面具,也没人知道他们的长相。据说他们是狼的后裔,天性残暴,甚至将外族人当成牛羊屠宰食用。或许因为乌丹人骁勇善战,狼种人——这群强盗被这样称呼——也不敢轻易入侵乌丹人的牧场。但每当部落中有人失踪,人们还是会说他"被掳去东方了",并不再期望他能回到自家的火塘。

因气候温暖,南方是乌丹人的冬牧场,但到了夏天会变得无比干燥和炎热,几乎所有的溪流都会干涸,留下像蛇一样蜿蜒的河道,因此南方又被他们称为"蛇地"。从冬牧场再向南走,草原会变成丘陵,而在丘陵以南居住着阿纳斯人。在乌丹人眼中,阿纳斯人很古怪,他们把自己围在用石头垒成的高墙之中,既不放牧也不养马,只吃种在地里的谷物。另一方面,阿纳斯人并不像狼种人一般凶残,每年夏季他们还会带着铁器和草药来乌丹人的营地换取牲畜,也曾有过乌丹人在阿纳斯人的土地上定居,并效仿当地人围起石墙。在乌丹人的说法中,这些人是因南方天气炎热、又喝多了阿纳斯人的"热汤酒"而患了失心疯——虽说比被狼种人当作牲畜更好,但终生生活在石墙中足以使乌丹人避之唯恐不及。

那么就只剩西方了。根据《乌丹夏木》所说，如果一直向西，跨过不归之河和永远被雾笼罩的森林就会来到金山。金山是祖先的故乡，也是传说中的死后魂归之处。在不归之河的河畔，死后之人将骑上一头通体纯白的大角鹿回到祖先居住过的杉林。在那里他将永远与祖先们一起觅食和嬉戏。然而，当寻路人渡过不归之河，也许从来没有纯白色的大角鹿迎接他们。在彼岸等待的只有致命的森林和永不消散的浓雾。渡过不归之河的人再未归来——他们大概不是被猛兽捕食，就是在雾林中迷失了。

自骑回了那匹孤马，少年像一名真正的寻路人一样烦恼着；然而，如果他丢失了自己的第一匹马，这些苦恼将变得不值一提。在乌丹人看来，丢失第一匹马的人是最不值得信任的。他们像一匹游荡在草原上的孤马，不会安于日复一日的辛劳，最终将一事无成。没有人愿意和这些人一起打猎，更没有人把女儿嫁给他们，他们的生命将在平庸中一点点消磨殆尽。

作为一个父亲，除了帮助他避免这个后果，野猪皮别无选择。于是他叫住仍在寻找蹄印的儿子。

"铁箭棱，去牵马和猎狗。"

3

铁箭棱一直认为他与父亲的不和与生俱来。从二人的名字来说，这不无道理。野猪皮只有铁制的三棱箭才能穿透，而能挡得住三棱箭的也只有坚韧的野猪皮。虽然"野猪皮""铁箭棱"在乌丹人中都算常见的名字（乌丹人喜欢以质地较硬的物件给男性起名），但他无法理解野猪皮给他起名时，为何完全忽视了两者所包含的隐喻。

自记事开始，他和父亲就像一对互相角力的雄鹿，从不在任何一件事上退让半分。幼时父亲按照乌丹人的习俗，教他用左手抓肉吃，他却偏用右手。赶羊时，他想带两条牧犬，父亲却只允许带一条。另一次，因为故意避开父亲指定的放牧路线，他绕了很远的路，最后差点陷在沼泽滩中。在险境中，他曾后悔没听野猪皮的教导，但又暗自庆幸：不凭借父亲的帮助，竟然也能从沼泽脱身——这总能证明他是一个成人了吧。

有时铁箭棱会将这种紧张关系归咎于母亲的缺席。在他的记忆中，母亲的身影从没存在过，而等他稍大了些，开始懂得询问关于母亲的问题之后，野猪皮却总是含糊其词。从父亲朋友们喝醉时所透露的只言片语中，他隐约知道，在十几年前，父亲外出狩猎后失踪过一段时间,虽然流传着各种说法,但谁也不知道他去了哪儿。有人传说他进入了金山的杉林中,遇到了《乌丹夏木》中的怪家伙,被变成了会说话的影子;还有人说他被狼种人掳走后制成了人肉脯。这些荒诞的传说在他失踪的第三年不攻自破。那年开春,他独自骑着一匹黑毛马回到了乌丹人的夏牧场,单手抱着不满一岁的铁箭棱。没人知道他的母亲是谁,也没人知道父亲的右手去了哪里。当其他人询问起父亲失踪后的去向,父亲有时会变得异常焦躁,但更多时候会沉默不语。于是关心这件事的人越来越少,直到差不多所有人都忘记了有过这么一回事。

铁箭棱仍然能以零散的线索拼凑出一些猜测。首先,他怀疑母亲并非乌丹人,并且从自身的体貌特征中找到了依据。大部分乌丹人——包括父亲——的头发呈黑色或棕色,而自己的头发却是深红色的。或许他的母亲是一个长着红色头发的阿纳斯人?或是东方的呼兰人?不,呼兰人应该长着鹰钩鼻,而他的鼻子是直的。甚至在他与伙伴争斗时,偶尔他会被骂作"狼种人的崽子"。他会一拳把叫骂者打下马背,但只是为了维护表面上的尊严。他并不特别介意自己的身上流着狼种人的血。事实上,除了凶狠和神秘,他和伙伴们对狼种人一无所知。而且,凶狠和神秘对于他这个年纪的人来说,反而有着难以抗拒的魅力。

大多数时候,铁箭棱不觉得自己有多需要一个母亲。但当他与父亲冷面相对时,他不禁会想:如果能有一个母亲站在他们之间,或许他们的关系会有所缓和,至少有一个人会含蓄而关切地询问那个与他同寝一座毡房的少女是谁。他知道，如果他不告诉父亲，父亲会永远装作毛毡中只睡了他一个人。

他不是不想告诉野猪皮。事实上，他必须告诉他。因为找回他的马之后，很快他和她就要搭建他们自己的毡房，那意味着真正意义上的独立。在他们的毡房竖立之日，夏木会把野猪皮的血和她父亲的血混在一碗酒中供他们饮下。或许只有这样，父亲才能被提醒：他们身体内流淌着相同的血液，而不再视他如等待被驯服的马驹。自此之后，他们才能平等地一起打猎、放牧，在火塘边谈论马和女人。无论野猪皮能否接纳她，他早一天知道她的存在，这些才可能早一天变为现实。

然而，对父亲坦白并不比对一匹马倾诉容易。那段野猪皮不愿提及的经历似乎让他变得不善言辞，即使面对的是自己的儿子。每一天，他总是在星星还未落下时就赶着羊外出放牧。当星星再次升起，风中的余温渐渐散去以后，他才赶着羊归来。只有铁箭棱知道，他起早贪黑并非因为勤劳，而是因为作为第一个出发和最后一个归来的人，他可以避免与其他牧人同行。夜晚，即使有女人邀请他，他也很少与他人同坐一个火塘，而只是在角落里独自喝着不加蜜的烈酒，直到铁箭棱入睡后才拖着满身酒气的身体走进毡房。虽然酒后恍恍惚惚，他几乎不曾真正熟睡，常在凌晨醒来，闭着眼睛等待长夜结束。一日之中，他和铁箭棱的交谈仅限于晚饭时三两句简短的问答，内容无非关于哪一只羊生了病或哪一匹公马到了割骟的年龄。他从不对铁箭棱描述当日放牧时所见的落日，更不会讲述自己年轻时的游历。同样，铁箭棱也没机会告诉父亲他准备在熊赐后独自搭建毡房的计划。当看到父亲从暮色中归来,他只会不吭声地往火塘中添入一把干牛粪,再放上一铜壶的牛奶。

最让铁箭棱反感的其实不是父亲的不善言辞,而是与此同时,他仍然想担负教导儿子的责任。自铁箭棱到了能拉开弓的年纪,野猪皮就开始以一个猎人的标准要求他。别的孩子仍沉迷于用弹弓打鸟,而他已经学会了如何制作一把弓、调整弓弦,以及快速并准确地射出一支箭。每当被父亲发现他的行为稍有不妥——譬如使用弓箭后忘了取下弓弦,或杀死野兔前忘了念诵"以汝之血"——他就会挨一顿鞭子。不愿多话的野猪皮从不向他解释他的过错,只会在事后低沉地问:"记住了吗?"不过,多亏了野猪皮的教导,铁箭棱的射术和马术的确在同龄人中卓尔不群。同时,他也越来越不愿服从野猪皮,因为他想证明他不恐惧父亲,而违逆是对此最好的证明。

在铁箭棱十四岁时,他终于等到了一次难得的机会。还有七个月他便成年了,作为成人的条件之一,他必须骑回自己的第一匹马,于是当冬天刚刚结束,父亲便带他去冬牧场西边的草原。

积了四个月的雪刚刚消融,露出利如箭镞的草尖。每年这个时候,乌丹人的父亲们都会带着自己即将成年的子女来此,望着三五成群的野马,评论哪一匹的鬃毛更漂亮,或哪一匹的身形更适合长途奔跑。度过了暴风雪和饥荒,冬末的马外表羸弱,但能活下来的都是良驹。当这些少年人发现了自己钟意的坐骑,他们会赤脚骑上父亲最快的马,不带任何马具，呼啸着冲向马群。追逐可能会持续很久，有时半天，有时从清晨到日暮，但若在最后一点天光消失前他仍追不上他看中的野马，就意味着马不属于他，而他必须停止追逐。当他与野马并驾齐驱时，他必须跃上马背，紧紧地搂住它的脖子，无论它如何翻腾跳跃都不可撒手。他要在马的耳边像安抚婴儿一样，不停地念诵给它起的名字，直到它的气息开始趋于平稳。他要在马背上停留至第一颗星星升起，才可以骑着它回到父亲的身边。

铁箭棱第一眼就相中了灰耳朵。虽然尚未成年，它的身形已和成年马一样高大，瘦骨嶙峋的四条腿几乎能踩着草尖奔跑。以毛色来说，它算不上漂亮——白而偏黄，还带着些黑杂毛，只有一对灰色的耳朵与众不同。

它独自站在远离马群的一座小山坡上，心不在焉地摇着尾巴，低头搜索被其他马弃置不顾的枯草根。铁箭棱向父亲点了点头，指向灰耳朵。野猪皮摆手，告诉儿子："那是匹孤马。"每一个乌丹人都知道，即便再矫健，孤马是养不熟的——它终有一天会背弃主人而去。铁箭棱自然也知道。然而，他径直脱掉了皮靴，从父亲的马背上卸下了鞍具，一跃而上。待野猪皮出声制止，他已如呼兰人的猎鹰一样冲向那匹马，高举手臂，嘴里发出未脱稚嫩的呼啸声。

这就是他对野猪皮的违逆。

在第一颗星星从月亮旁升起时，树木和鹿石只剩下轮廓，他骑着灰耳朵归来，疲惫而骄傲。他告诉父亲，他给那匹孤马起的名字是"灰耳朵"——乌丹人先祖的名字。还没看清父亲的鞭子，他就感到了脸上热辣辣的疼痛。他在野猪皮的盛怒下畅怀大笑，因为他知道即使父亲再不认同他的选择，按照乌丹人的传统，谁也无法干涉他选了哪匹马或给马起了什么名字。

回到部落后，父亲硬拉着铁箭棱来到夏木的毡房中，请求夏木允许铁箭棱重新选一匹马。

"尊敬的夏木，祖先的耳朵和舌头，我的儿子在寻找他的第一匹马时犯下了侮辱祖先的罪过。请您允许他放这匹马回到草原。"

"他杀死了那匹马的母亲？"夏木从面具后质问。

"铁箭棱虽然顽劣，但不至于做那种遭祖先唾弃的事。"野猪皮惶恐地回答。

"难道还有什么侮辱祖先的罪过我不知道？"夏木抖了抖头上的鹤羽冠。

"他寻回了一匹孤马。"

"这并不是罪过。叫他回去仔细看管这匹马。"

过了半晌，野猪皮终于说道："他给那匹马起了祖先的名字。现在它叫灰耳朵。"

听到这，夏木一把掀开了脸上的面具，露出一张老妪的脸庞。她举起手中的木杖，用自己最大的力气在铁箭棱的肩膀上敲了三下。对于铁箭棱，这还不如被父亲抽在脸上的一鞭子疼。

"我已经处罚过了。"夏木慢悠悠地戴回面具。

"夏木，给自己的坐骑起祖先的名字不是一种冒犯吗？请允许我放这匹马回去。"

"《乌丹夏木》中没有一句告诉我'给马起祖先的名字'是一种冒犯。在我死后,回到祖先居住的杉树林,我或许会亲口问问他们,但在那之前,这是我能给出的唯一处罚。好了,我累了。"

夏木的审判就这样结束了。铁箭棱总算松了一口气。他终于不用履行刚才在毡房内暗自立下的誓言:如果他们要夺走灰耳朵,他会骑着它逃走。但事后他不禁问自己,如果他们真的逃走了,应该去哪呢?是冒险去狼种人的领地?还是南下去阿纳斯人的城墙内定居(那里说不定有他未曾谋面的母亲)?他能否见到自己的母亲?如果见到了她,应该如何介绍自己?没有一个问题是他能轻易回答的,但好在没有一个问题是他必须回答的。至少暂时如此。

现在,父亲的担忧终究成了现实。他才不信什么孤马养不熟的说法,就如同他不相信《乌丹夏木》中的传说。灰耳朵一定是被附近哪匹母马的气息吸引了——就像他总是情不自禁地想接近她。他不禁反思,或许,熊赐前的午后他不应该领她来马厩。

大寂静来临前的几日总是晴朗无云,阳光从木板的空隙间透进来,穿过飘浮着的草灰和马毛。他们刚刚一同骑着灰耳朵从西边的湿地跑回来,马背上还微微渗着汗珠。他一边用蘸了水的兔毛刷子刷着马的鬃毛,一边和她说起某个同龄人所做的蠢事。草料的气味以及她的笑声使他暂时忘却了熊赐前的紧张,仿佛成年永远与他无关。在他拴马时,她用牧草和枝条编了一只草环。她寻获的树枝有着与鹿角格外相似的分叉,如果他们还是孩子,一定会把那样的树枝视为珍宝。树枝在两侧被竖起后——总算看起来有点样子了——她双手捧起草环,不知出于什么原因,戴在了灰耳朵的头顶上。然后,又不知出于什么原因,她肃穆地对灰耳朵说:"物归原主。"灰耳朵垂了垂头,尝试把草环甩掉,但草环反而顺着它长长的脸落到了脖子上。现在,它彻底摆脱不掉那团杂草了。

他们笑得前仰后合,身体不知不觉地贴近。她的头发散发着羊脂一样的香气,脸颊残留着日晒留下的绯红,虽然像孩子一样笑着,目光中却充满了挑战的意味。一下子,他仿佛回到了他们共同骑在灰耳朵背上的时候,感受体温从她的身体传来,带着温热的汗气。

那天,他们在马厩中停留的时间比预想的更久。

他并不想责怪她使自己分心,但如果不是她,还有什么让他在打绳结时心不在焉?在马厩中时,他曾留意到绷坏的皮绳旁没有她编的草环,说明草环仍然挂在灰耳朵的脖子上,它现在一定拖着草环在哪里饮水或吃草。现在去找它还不算太迟。

自然,父亲不需要知道那天下午的事。但无论如何,找回灰耳朵肯定少不了野猪皮的协助。虽然对此他不无羞愧,但听从父亲的安排是他唯一的选择。

他牵了马和两条猎狗回来,见野猪皮已准备好两大捆用兽皮裹着的行囊在栅栏旁等他。他帮父亲把行囊搬上其中一匹马的马背。行囊比他想象中的更有分量,他不禁好奇一次外出为何需要带那么多东西,于是解开兽皮,向行囊内瞥了一眼。里边有肉干、厚皮衣、猎刀、斧头、生火用的木屑、干牛粪和打火石等远行时才用的物品;还有一些他从未见过的杂物,包括一双用皮条编织、看上有些像渔网的大鞋子,还有一块毛团状的东西和一朵干瘪的蘑菇。父亲的手中则拿着一张弓,后背背着一把破旧的铜斧。铜斧看上去已有些生锈,但斧刃依旧锋利。那也是他从未见过的东西。

"你需要带上这么重的斧头吗?"他问父亲。

"你会感谢我带上它。"野猪皮阴沉着脸说,同时把手中的弓和一个青铜扳指扔给了铁箭棱。

"你的。"

乌丹人的弓与一个成年人的上半身一样长,两端反曲,为了每一寸都能蓄满拉弓人的力道,几乎没有任何多余的装饰。当你握住这样一把弓,把弦缓缓拉开之时,你会觉得它成为了你手臂的延伸,把一支箭射出去,像投掷一颗石子一样自然。从抚摸弓背的手感,铁箭棱就知道,要制作这样一把好弓至少需要几个月的细心打磨。

在青铜扳指上,镌刻着一头大角鹿的形象。那是乌丹人的图腾。虽然线条古朴,但奔鹿的姿态,乃至肌肉线条,都被刻画得栩栩如生。他带上扳指,把弓拉到最满,再缓缓收起来。

"黑羚羊筋做的弓弦?"他问,几乎不能对父亲掩饰惊喜。因为韧性极好而且稀少,黑羚羊筋是最珍贵的制弓材料。每个猎人都想拥有一把用黑羚羊筋制成的弓。他知道，这是父亲给他的成人礼物。

野猪皮没有回答他的问题，只是对他说："我在夏木的毡房外等你。"然后夹了夹马肚子，头也不回地走了。

如所有即将远行的乌丹人一样，他们要骑在马上接受夏木的占卜和祝福。虽然夏木戴着面具，他们仍察觉得出，她讶异于大寂静前竟然还有人远行。

从昨夜的狂欢中恢复精神后，乌丹人就会开始准备南迁的旅程。衣物和毛毡被打包，毡房被折起，贵重的饰品挂满身上，而一切不能带走之物都埋入土中，直到来年的春天再挖取。埋入土中的还有野麦的种子。临行前，牧人们会骑马在一片向阳的草场上来回踩踏，用马蹄子翻开干燥、坚硬的泥土，再把备好的麦粒撒入松软的土中。这样当他们再次回到夏牧场，就能收获能够用来制作酸乳饼或喂马的谷物。羸弱和染病的牲畜在"以汝之血"的念诵中被宰杀，成为旅途上的补给。健壮的马、牛和羊被赶成密集的方阵以抵御风雪的冲锋，幼小的牲畜则被包裹在毛毡中，随着木轮车上的孩子们一起上路。人们专注且迅速地完成这一切，仿佛任何杂念都会导致严重的后果。的确，即便再完善的准备，也无法使他们彻底摆脱大寂静的威胁。每一次迁徙，仍然有至少三分之一的牲畜被冻死，长者和多病的孩子也往往熬不过艰辛的跋涉。乌丹人甚至会说，一个牧人所拥有的牲畜越多，在大寂静中失去的就更多；因此，他们从不会畜养多于日常所需的牛羊，并相信多出的都会被大寂静拿走。除了做好一切能做的准备,剩下的就只有祈求祖先佑护,让灰耳朵带领他们穿过致命的暴风雪。

正因如此,即使是能与祖先沟通的夏木,听闻有人要脱离南迁的队伍,也显得惊讶万分。

野猪皮讲述了原由之后,她边摇头边走回帐中。等她再次露面时,手中已攥着一块鹿角的残片。她一边吟唱着《乌丹夏木》中的辞句,一边把鹿角丢入火塘之中。与其说是吟唱,从她漏风的齿间发出的声音更像是一个老太婆的自言自语。现在,他们必须等待。直到鹿角在火中出现裂口,灰耳朵的指引才会显现。

站在一旁的铁箭棱只觉得可笑。他宁愿早些上路——如果不是父亲耽误这么多时间,说不定此时他正骑着灰耳朵走在归来的路上。不过既然要依靠父亲找回灰耳朵,他就不得不做出妥协。

终于,火塘中发出了一阵噼啪声,夏木颤颤巍巍地用火钳捡出鹿角。她看了半晌后,缓慢而清晰地说:

> 欲前难前　欲弃难弃
> 遇河则渡　遇洞则息
> 失而后得　得而后失
> 始必有终　终必有始

这咒语一般的语言使铁箭棱如堕迷雾,除了四字一句的句式听起来像《乌丹夏木》中的杉林之语,他无法理解更多。或许在夏木的火塘边,他和几个同龄人曾在半梦半醒中听她念诵过其中的一两句。她也必定曾解释过诗句背后的故事及隐喻。但对于此时此地的他而言,夏木的解释如同那日火塘中的灰烬一样,早被风吹得一干二净。

他不好意思开口询问,只好等父亲提问或夏木主动说明。然而与往常不同的是,喜欢长篇大论的夏木却就此闭口不言,任野猪皮如何探问都不透露半句。她用火钳戳了戳已被烧成炭灰的鹿角,对他们说:"该上路了。"

接下来是临行前的赐福。夏木干瘪的手从火塘中抓起一把灰,在野猪皮和铁箭棱的两耳边各撒了一下。因为她的身材矮小,而他们又骑在马上,她必须努力跳起来。即使是这样,她撒出的炭灰也只能勉强够到他们的耳垂。当她气喘吁吁地落地时,仪式终于结束了。

"早些回来。"她对他们说。

连未经世事的铁箭棱都听得出,刚才说话的不是他们的夏木。她不过是一个垂垂老矣的女人,目送着他们越行越远,就像送别曾经离自己而去的儿子。

第二章 鹿石

1

当他闻到自由的气息时,黑夜已经结束。一开始他只想在西边的草甸上找一处水洼。喝饱了水,他又循着一丛接一丛的草继续向西。后来,他不得不歇一会,闭上眼睛。不知过了多久,有火光一样的东西烤着他的眼睑。难道他兜了一圈又回到了火塘的边上?可他很快发现那不是火光,而是太阳。

他睁开眼睛,看到四周的草叶上挂着细小的露珠——晨曦穿过露珠,折射出微弱的光——还有那些翅膀被打湿、奋力起飞的小虫,以及在远处腾升而起的雾气。他的听觉一被打开,就立刻被鸟叫和虫鸣填满。所有他见到的、听到的,与泥土和草的味道混合成一种气息。"自由"为何,他当然并不理解,但循着这气息,他再次跑了起来。

他从未到过这里,但他的身体熟悉路上的一切。他的四蹄知道哪里有突起的石块、哪里有凹下的土坑,而且能差之毫厘地避开。他的肌肉知道风流动的轨迹,奔跑时将头颅和背脊调整成阻力最小的曲线。如果不是脖子上的那团杂草,他还能跑得更舒服一些。甚至在他还不明白自己要去哪之前,他的身体就已带着他向某个目的地行进,避开带刺的草丛和暗含杀机的沼泽。沿途的水洼和草越来越少,但他没有一点恐惧,只是向太阳落下的方向一刻不停地跑着。

身体剧烈地运动着,他的心却几近安睡。偶尔他会想起阔别已久的故乡,那里要比这里温暖一些,也有更多种类的植物任他啃食。纵使如此,当冬天到来,生存也会变得艰难。食物稀少,也几乎没有地方供他们躲避风雪。他的家人就没能熬过上一个冬天,只有他独自靠草根活了下来,饿得只剩皮包骨头,在开春时才遇到另一群同类。他记得,同类看他像看一个人类一样。

后来,他遇到了小矮子。小矮子带他来到了人类的群落。他没有因失去自由而愤怒;同样,对于人类赐予的食物以及暖和的马厩,他也并不感激。暴风雪使他学会只关注一件事:生存。对他而言,与人类一同生存不比跟同类一起更难以忍受。

每天清晨,小矮子会骑着他去附近的草原放牧。那时离冬天还远,任何地方的草都足够他和那些羊饱餐,但小矮子还是把他们带到远离其他人类的草场。因为羊群里混着几只山羊,旁边还有一条颇有责任心的狗,小矮子能够放心地找一处向阳的坡地午睡。那时他有很多时间自由地活动,如果他愿意,甚至能在片刻间跑得无影无踪(没有一条狗能追得上他)。他不清楚当时自己为何选择留在小矮子身边,如同现在他不能解释为何要越走越远。

不知跑了多久,他的脚步慢了下来,因为他闻到了同类的气息。可他要寻找的不是同类。与同类在一起意味着融入和服从，他既不喜欢，也不需要。那么他应该向哪个方向走？继续向前，还是待在树林里躲避即将到来的暴风雪？他短暂地感到迷茫。

盯着前方，他看见了一条银色的河流，河的对岸是望不透的浓雾。河面的反光刺得他睁不开眼睛。他渴了。银色的河水一定很好喝。气息平稳后，他再次跑了起来——这一次，向远离同类的方向。

2

由于需要让猎狗嗅出灰耳朵的去向,在出发后他们不能全速前进。灰耳朵的腿脚太快,未在沿途留下多少气味,即使有些许痕迹,也被晨露稀释得几乎不能辨别。有所发现后,两只猎狗会兴奋地打几个转,但要过很久才能找到下一处带有灰耳朵气息的地方。当猎狗也束手无策时,蹄印就成了他们必须留意的线索。

幸运的是,冬日将至,草原上的植被已不甚茂密,只要拨开上层的草叶,在马背上就能看到掩盖在草下的泥土。就算是在大寂静来临之前,泥土上仍有各种不同动物的活动痕迹:最宽的、最深的蹄印来自野牛,小一点的来自黄羊,形状像人类手掌的来自鼹鼠,总是并排前行的来自兔子。当然,野马也会留下纷杂的蹄印,因此,仅凭蹄印还是无法确定灰耳朵的足迹。

于是他们也必须观察粪便。经验老到的牧人从粪便不仅能辨别动物的种类,还能知道它的年龄和身体状况。牛粪总是盘成一个圆形,形状像乌丹人放牧时携带的干粮酸乳饼,而马粪是一粒一粒的,会沿着它行进的方向一路散落。虽然野马和家马的粪便在形状上别无二致,但只有家马的粪便中会有谷物,所以当野猪皮找到一堆马粪,翻开外层还未完全消化的草,看到里边有两粒野麦,他就知道这一定是那匹孤马留下的。

就这样寻寻走走,直到太阳偏西,他们才到达乌丹人在夏牧场以西安置的第一座鹿石。除了作为部落活动范围的标记之外,鹿石对于来往的牧人或猎人还有特殊的意义。所有的鹿石在朝西的一面都雕刻着一头撒开四蹄的大角鹿。繁茂的鹿角向上延伸,直抵鹿石顶端的星辰日月。西方是祖先的故乡,因此这一面代表了祖先的佑护。乌丹人相信,即使在黑暗中,祖先也会引领路上的人回到家中的火塘。而反面的作用更为实用,上面通常刻着在鹿石附近出现的猎物或猛兽,以便观看者能够趋利避害。如果画着成群的小角鹿,那么附近肯定是一处有小角鹿栖居的好猎场;如果画着母熊和小熊,说明有母熊哺育幼崽的洞穴,而带着小熊的母熊是任何猎人都不敢招惹的。

在鹿石的东面偶尔也会用图画记录某位祖先曾在鹿石所立之处完成的功绩。他们在这座鹿石上看到的就是勇士"乌"击杀狼王的故事。画中的乌一手执长矛、一手执羊头,面对着一个狼头人身的怪物。长矛用来刺入狼王的心脏,而羊头必须在狼王咽气前塞入它的口中。根据祖先给乌的启示,只有含着羊头死去,狼王才不会死而复生。在角落里还画着一只小小的四足动物,那是乌惊恐逃走的坐骑,被故意雕刻成模糊不清的形象,以表示它逃遁得不知所终。与很多其他故事一样,乌的事迹并未正式记录在《乌丹夏木》中,但故事中的每个细节都被乌的子孙们代代相传，就像他们目睹了祖先的勇武一般。这座鹿石所在之处便是传说中狼王被击杀的地点。

在鹿石旁的湿地，他们遇到了一位放羊的老牧人。

"猎好，知我言者。"牧人在马背上说。

"猎好，言我言者。"野猪皮回答。

"你们要远行吗？"老牧人问。

当得知他们要赶在大寂静到来前追回一匹孤马，牧人摇了摇头。

"大寂静会吃掉那匹孤马和你们。跟我一起回去吧。"

"看天候，大寂静还有三五天才会到来。我们一定能在那之前追上你们。"

"可我的羊告诉我用不了三天。它们从昨晚开始就寸步不离地围在我身边。每一年大寂静来临的前夕它们都会这样。"

"谢谢，可我们得抓紧赶路了。"野猪皮谦卑地拒绝了对方的善意。

"年轻人，过于自信可不是什么好事。"牧羊人轻描淡写地说，仿佛早就料到自己的提醒是徒劳的。

"愿灰耳朵引领你走过黑夜。"向他道别后，牧羊人带着一群亦步亦趋的绵羊越走越远。

已经很久没人叫过野猪皮"年轻人"了。

两个人的影子被太阳逐渐拉长。在某个时刻，那些正在衰败的植物融化在金黄色的余晖中，也变成了余晖的一部分，投射在他们眼前清澈的水洼上。铁箭棱感到脸上有些温暖，但他知道这温暖是短暂的，用不了多久，当余晖消失，他们和草原都将笼罩在夜幕中，变得黯淡难以辨认。而这些水洼也将结起一层薄薄的冰面，只要被风吹一下就会破碎，然后重新结起。

从他们头顶飞过的是最后一批南迁的候鸟。从此，黑夜长于白昼。

"生火。"父亲对他说。因为有大量的水洼，这一带是灰耳朵最有可能盘桓的地方。如果它不在这儿，说明它并未停留，而是继续向西了。在夜晚的草原追踪一匹马难上加难，他们会因迅速失温而被冻僵在马背上。无论如何，他们必须在这里度过一晚。

好在只要有火，乌丹人就会忘掉一切烦恼。火塘等同于家。因此在野外宿营时，生起一座篝火不啻于一次安居。对于逐水草而居的他们而言，建立新家是再平常不过的事。野猪皮叫儿子从行囊中拿出提前准备好的干牛粪、木屑和打火石，在一块巨石的背风处生起火来。接着，他又让铁箭棱拿出了干肉、酸乳饼和蜜酒。

当旅途的辛劳渐渐褪去，少年感到无所事事，但又不想马上入睡，于是他从行囊中拿出一支木笛。木笛的构造很简单，只能吹奏五个音，却是他亲手制作的第一件东西。他煞有其事地正了正身体，然后吹奏起来。笛声在黑暗中与火光一同蔓延。

听着笛声，野猪皮从怀中拿出那把自铁箭棱记事以来就熟识的铜烟管。在部落中，只有夏木会在祭祀时使用那样的器物。她会在开口处放入除了她谁也不知道名称的草药，于祭祀时点燃。据说在那团散发着异香的烟雾中，她会变得和灰耳朵一样能听懂杉林之语(虽然部落附近没有一棵杉树)。当她把烟雾吸入再吐出,她——真正的她——会随着逐渐上升的烟雾被释放到天空,并跟着吸入烟雾的鸟儿一起俯视自己的肉身和族人。那些鸟儿曾经看到的、正在看到的和即将看到的都将被她看到。

可铁箭棱不相信草药的烟雾能让人通过鸟兽的眼睛观察世界。去年在冬牧场,他和他的伙伴们曾在夏木的毡房中偷出一把她所用的草药。他们策马找到了一处远离部落且背风的鹿石,然后满怀兴奋地点燃了草药。刺鼻的烟呛得他们一直流泪,除了寒冬的风声,他们什么也听不到,没有与祖先的对话,没有在天空翱翔的体验,只感到了一点比醉酒还轻微的晕眩。自那之后,每当他目睹夏木在云雾缭绕中念念有词,他都不免失笑,猜测她到底是在表演还是老糊涂了。

而他的父亲不过是一个断了右手的普通牧人,不需要借助烟雾与祖先沟通,因此那支铜烟管在他手里显得格外突兀。事实上,他从来不在烟管内点燃任何草药,而是在陷入沉思时才拿出它,沿着一道浅浅的凹槽来回抚摸。他也从来不对任何人谈论烟管的来历。但铁箭棱能猜到,与烟管相关的记忆多半不美好,而且或许牵涉自己的身世。

"这是我母亲给你的吗?"他停止吹奏木笛,隔着火问野猪皮。他既怕父亲不回答,也怕得到一个答案。

果然,他的尝试又落空了。野猪皮只是阴郁地望着他。现在他更加确信这支烟管与他自己有关。是时候问清楚了。

"自记事以来,我就看你时常拿着它。你从来不抽它一口,又不把它丢掉。为什么?"

野猪皮轻描淡写地回答:"等你能独自杀死一匹狼,再用这样的口气问我吧。"

"可我已经接受了熊赐。你应该告诉我那件事了。"

"你想知道什么?"

"关于我母亲。我想知道她的名字。"

野猪皮愣了一下,说:"我不认识她。"

铁箭棱一把抓住父亲握着烟管的手,说:"告诉我。"他的语气像一个准备决斗的猎人。

他力气已经这么大了。野猪皮感叹着,以至于忘了挣脱。

"告诉我。"他又说了一遍。

话音刚落,他被回过神的父亲反手扭住了手臂,轻而易举地放倒在地。爬起身前,他听到野猪皮说:"你没有母亲。睡觉。"

铁箭棱感觉受到了莫大的侮辱。虽然父亲只有一只手,但是自己绝对不是他的对手。每一个人都应该知道自己母亲的名字,不是吗?除了只在传说中存在的灰耳朵——没有人知道灰耳朵的母亲是谁。

3

天地之始不可说，森林草原之始不可说，河流高山之始不可说，四脚生灵之始不可说。我能言者，唯灰耳朵身后之事。灰耳朵言与长眼睛、长眼睛言与黑耳朵、黑耳朵言与乌、乌言与丹、丹言与利齿，利齿歌之，传于万代。

——《乌丹夏木·首章》

给灰耳朵起名字的不是她的父母，而她父母的名字也无人知晓。或许在灰耳朵诞生之前，世界上还没有名字这种东西。

灰耳朵的家在一片杉树林中。杉树林的地上铺满了针叶，踩上去像羊毛制成的毛毡一样柔软。杉林中大部分时间是寂静的，静得让你感受不到时间的存在。偶尔，从树梢上，会传来一两声鸟鸣，但你从来看不到鸟的身影，因此你怀疑这世上在有鸟之前就先有了鸟鸣。

杉树林中还有一种声音。当有风吹进来时，那些和山峰一样高、和雨一样直的杉树会开始摇摆，发出吱吱呀呀的声音。那是只属于杉树之间的低语。不过他们从来不会交谈太久，因为只有轻柔、短暂的风才得以吹进杉林。连大寂静都不曾打破那里的平静。

灰耳朵的族人也一样安静。无论行走还是进食，他们都努力保持静默。有谁突兀地弄出不必要的噪声——比如踩断一根树枝或在枯叶堆中打滚——就会被他身边的同伴撞一下屁股。在他们之间，这既是一种责备，也是一种提醒。她的族人已在那里生活了几万年，而在几万年中他们学会了一件事：只要和杉林一样安静，杉林就会保护他们。如果他们不能比捕猎者更安静，杉林就会偏向他们的天敌，成为天敌的掩护。每段时间都有族人因打破寂静而被捕杀，但每段时间也都有新的族人诞生。他们自然不懂什么万物有其平衡，只知道如果能保持安静，自己就能多活一会儿。

一开始，灰耳朵的生活同她的同伴们以及几万年前的先祖们没多少差别。当阳光穿过被薄雾包裹的树枝，撒到她的角上，她会伸展四腿站起来，找一处僻静的角落排掉存了整晚的尿液。之后她会觉得身体中空荡荡的，想找些什么填满自己，于是她会跟随嗅觉在地上探寻。大多数时候她会在某块岩石上找到一团苔藓，更幸运时，能在腐朽的树根上找到几朵肥嫩的蘑菇。她会用舌头一点一点地舔入寻获的食物，不需要太快，其他族人不会争抢，而且也没什么事要她赶着完成。

满足后，林中的游戏开始。她会去追同伴，或被同伴追。他们脚步轻盈，像一只只飞鸟的影子穿梭在树木和树木之间。追逐时她是快乐的，也是恐惧的。她的心脏撞击着胸腔，把血液泵入每一丝毛细血管，仿佛下一个瞬间她的身体就会解体，或像鸟一样腾飞而起。

也是在这个时候,她发现有另一个生灵活在她的身体里。那生灵既熟悉又陌生,既像她的孩子又像她的影子。更让她难以理解的是,只有当她感知到生灵的存在,她才知道她是她,而不是任何一头追逐或被追逐的鹿。

也会有一个念头在她脑中闪过:我的同伴和我的祖先是否与我一样?

在那天到来之前,她与其他鹿并没有不同——跑一会儿,吃一会儿,再跑一会儿,累了就在树下打个盹。当影子消失在他们身下,再逐渐被拉长,一天中最炎热的时候就会到来。那天也不例外。

她和伙伴们各自找了棵顺眼的树,然后蜷起四腿跪卧,闭上眼睛。但他们的耳朵都是竖起的,随时留意四周的一切动静。在湿热空气中,一切声音都像沉入水底的铅块,但她还是能听到一只蜜蜂悬浮在几朵野花上方,听到一只松鼠挖开泥土寻找前日埋下的坚果,甚至还能听到同伴若有若无的呼吸。在那天最安静的时候,她又听到了鸟叫——一下短促,一下悠远。起初她以为自己在梦中,很快第三声彻底唤醒了她。那只鸟叫得并不急促,但每一声的尾音都能在空气中停留许久,最终钻进她的耳朵里。

别吵,我还想睡——她想。
鸟又叫了一声。

我累，我热——她接着想。

我说别吵。

鸟再叫。

在她理解之前，住在她身体里的生灵又一次苏醒了，而且直到她死去的那一天都不再沉睡。忽然，周边的声响都不再是无意义的偶然；蜜蜂翅膀的震颤、泥土被翻动的声音、同伴们的一吐一纳，每一丝空气的波动合成了一种前所未闻的语言。确切地说，那是她有生以来听到的第一种语言。她与族人之间的舔舐、碰角、鸣叫或气味与她此时听到的声音相比只能算最粗浅的交流，仿佛人类婴儿初生时对母亲的"哦哦啊啊"。而现在，她像听懂了第一个字的孩子，惊奇地审视着她的世界。

她仔细听，发现这些声音并非不间断的。在一个声音开始时就已经开始消失，而在这个声音还未完全沉寂前，另一个声音又会开始，但因为一生一灭都在瞬间发生，当无数个瞬间接踵而至，听起来就像一个连续、宏大的长音。然而，在所有的声音中，的确有一个声音不曾间断。它既像她所听到的声音之一，又像所有声音的总和。随着她变得愈加专注，这声音也愈加清晰。声音像是在告诉她些什么——关于她自己，也关于她所知觉到的一切。

我的腿有点酸了，需要站起来走一两步。

不，慢一点，再慢一点，否则腿会像某个夜晚前那样不听使唤。

好的，好的，抖一抖双角吧，但也要慢一点。

我饿吗？可以吃一点，但不吃也没关系。那就不吃吧。

看，那个折了半只角的家伙偷偷在小溪里撒尿。难怪我常常尝到一股怪味道——上次也是他。他被我父亲撞坏了脑袋，自那之后就一直傻傻的。

我父亲？他已经太老了，不知能否活到下一个冬天。我会很难过。我真希望他在死之前也能听到我现在听到的这些声音。可我怎么知道他从来没听到过？我就是知道——从他的眼睛中我就知道。啊，不，他当然听到过，只是从未理解过。我听到的这些声音对任何一只耳朵都毫无保留。那么，我的耳朵有什么特殊的呢？对了，我记得我的倒影——我的耳朵是灰色的。

那么我就叫灰耳朵。

就在灰耳朵给自己起了名字的一刹那，风吹进了杉林，于是她第一次听懂了杉树的语言。随着杉树的摇摆，一个又一个音节被发出。每一个音节都有一千种含义，所以当一千个音节排列在一起时，无数种含义被同时表达着。她听懂了杉木之间的私语。他们说得很快，也说了很多，以至于她只理解了极少的一部分。但就是从杉木之间的交谈中，她得知了杉林的秘密。

4

离他和父亲出发已过了一天一夜,他们每走一步所看到的变化都提醒他们暴风雪的迫近。沿途已看不到绿色,草整日被寒风吹拂,波动起来像灰暗的巨浪。在这样的风中,他们必须用斗篷紧紧地裹住头和脖子,必须在交谈时提高音量,但往往还是听不清对方说了些什么,最后只能靠手语对话。不过,聒噪了整个夏天的沙蝇在一夜之间消失了。除了寒风的呼啸,他们不用忍受任何多余的噪声。

可是他们仍然被那匹马甩在身后,一边从地上的粪便和蹄印猜测它的行踪,一边费力地穿过沼泽遍布的草地。即便是他们带来的猎狗,也早被它戏弄得开始怀疑自身的嗅觉。或许灰耳朵离他们只有不到半日的路程,但它总能适时地选择一条出人意料的路线——可能是穿过一条小溪或者穿插于沼泽地——总之,它的痕迹总会忽然消失得干干净净,就像一只狐狸躲避追捕时刻意不留下气味。当猎狗们终于在一处始料未及的地方重新发现它的足迹,它又已远去了。铁箭棱甚至怀疑它的目的不仅仅是逃跑,而是在玩一个游戏。而在自然中,它似乎知晓所有的游戏规则,稍动心思就要得他们和两只狗疲倦不堪。

另一方面，灰耳朵的狡慧给予了铁箭棱莫名的希望。这匹马不仅腿脚出众，还能安全地穿过对于任何动物都是险地的沼泽——没有一匹马比它更适合成为寻路人的坐骑。如果还有机会找回灰耳朵，他或许能骑着它探索其他寻路人无法探索的土地，包括有狼种人为寇的东方。面对敌人的追捕，灰耳朵必定能绝尘而去。或者他们会忍着口渴和烈日的暴晒穿越沙漠，到达自祖先之后就没人去过的黑湖。这些未来的功绩对于铁箭棱并非完全空想，因为他相信在前方的某一个水洼旁，他会与灰耳朵不期而遇，而他只需要上前摸一摸它的鬃毛，它就会跟着自己回去。

从前方传来野猪皮的口哨声，铁箭棱用腿夹了夹马肚子，催促身下的马加快脚步。必定是有了灰耳朵的线索，他想。但等他来到父亲身后，只看到一块矮小、不规则的岩石，更远处则是一片稀疏的树林，树林的另一端被薄雾笼罩，除了湿地，还能隐约望见一条河流。

他疑惑地看向野猪皮，而野猪皮抬起左手，用马鞭指了指那块不起眼的石头。自篝火旁的那晚之后，询问和回答需要比平日更谨慎；既怕言辞之刃伤人，他们就只能将其收入鞘中。好在类似的冲突不是第一次发生，他们早已学会避开危机四伏的语言，用肢体和眼神传达不得不传达的消息。

铁箭棱跳下马，走近石头。它看上去还没有一只站起来的鼹鼠高，如果没有野猪皮的提醒，他路过时大概不会多看上一眼。在石头的西面，他发现了一根模糊的线条，手指顺着线条移动,他渐渐描出了一头鹿的四肢、胸腹、脖子还有繁复如树枝的大角。他知道他所看到的是什么了。这是一座年代久远的鹿石。

他以为他们早已路过了乌丹人在西方竖立的最后一座鹿石。那座鹿石以西,就不再是乌丹人放牧与狩猎的范围。眼前这座鹿石上的刻痕几乎被风蚀得不可辨认,而且形状古拙,看上去就像竖立者随便找了一块石头,再用尖石一点一点刻上图案。他猜必定是某个落单于此的牧人一时兴起所竖立的。铁箭棱一边思量着,一边仔细地观察另一面的刻痕。

东面雕刻着紊乱的线条——代表着密林和浓雾——以及看似动物骨骼的图案。他知道他们已接近乌丹人活动范围的最西边,再向西便将进入与世隔绝的祖先之地。除此之外,在那堆线条的旁边还画着三匹马,这代表附近有马群。虽然距鹿石雕刻的时间可能已过了几百年,但只要不受人为的干扰,野兽的栖居地往往不会改变。在自然中,百年的时光不过一瞬,不足以颠覆在万年或更久远的时间中形成的生存规律。

对于铁箭棱,这座鹿石的确是足以向伙伴们炫耀一番的见闻。毕竟,很少有乌丹人到过如此接近金山的地方,更少有人知道这儿还有一座被遗忘的鹿石。还有她。在他们自己的火塘边,她会听他描述鹿石上古朴的纹刻,以及他们一路上的艰辛。他所告诉她的将成为他们自己的《乌丹夏木》,传给他们未来的孩子。但愿他们的孩子会有一个好记性,这样就能完整地讲给他们的孙子。父亲会很高兴吧——他忽然想到——因为只要他的儿子、孙子还知道这个故事,就会记得他们曾有一个叫"野猪皮"的祖先。

他的思绪被父亲打断。野猪皮说:"前方是雾地。"

"雾地?"他不禁重复那两个字,像他第一次听说这个地名。但他当然知道雾地是什么地方。在《乌丹夏木》中,灰耳朵曾在雾地中被困了三天三夜,几乎永远迷失在被浓雾包裹的密林中。千百年来,也是雾地挡住了乌丹人寻回祖先之地的脚步,林中埋葬了不知多少寻路人的遗骸。如果前方是雾地,树林之后的河流必定是不归之河。传说只有死后,人的魂灵才能被风吹到河的彼岸,再骑着白鹿穿过雾地,回到祖先的居所。

可能父亲意在提醒他前方的危险。可他记得夏木说过,雾地还代表了另一层意思。当灰耳朵拖着湿漉漉的身体爬出不归之河,她在雾地的边缘,也正是他们所在之处,见到了一群野马。灰耳朵用野兽之语与野马的首领立下誓约,从此马才成了乌丹人放牧或狩猎的伙伴。夏木告诉他——难得他记得如此清楚——除了危机,雾地也代表着机遇或伙伴。那么,"新的机遇或伙伴"是什么呢?他会在这附近找到灰耳朵吗?他不敢轻易发问。

这时野猪皮拨开鹿石前的草丛,使他看到泥土上的蹄印。他知道,那是野马留下的,而且不止一匹。

"马群?"铁箭棱问。

野猪皮点点头。

"多远?"

"过了那片小树林。太阳落下之前。"

"灰耳朵跟它们在一起?"

"不知道,但有别的马。"

野猪皮直视着他。终于他明白了父亲的意思。

虽然他认为这世上再没有一匹马强过灰耳朵,但以当前的情势而言,重新寻找一匹马未必不是一个明智的选择。很快他们的部落要开始南迁,以躲避即将肆虐夏牧场的大寂静。他们必须尽快与迁徙的队伍汇合,否则暴风雪会吞噬他们,直到明年开春才吐出几根骨头。说到底,他不想死,更不想父亲因自己的固执而丧命。

事实上,即使给予他们更充足的时间,他也没有信心必然能找到灰耳朵。他如何能确定它还活着呢?以他们能找到的踪迹来看,它很可能已误入了雾地。与鹿不一样,马是不能长久在森林中生存的动物,因为密林中不生长它赖以维生的牧草,而且常有猛兽出没。在平原上或许没有野兽能追得上灰耳朵,但在逼仄而崎岖的林地,一匹狼乃至一头熊都能轻易地捕杀它。这是最坏的预想,但他清楚,最坏的预想往往会成为现实。

如果他能立刻找到另一匹马,并在第一颗星星升起前骑上它,他们或许还有时间赶上南迁的队伍(她一定等得非常焦急了,临行前他们甚至无暇互道珍重)。不过,如此一来他要再等上七个月,那匹马才真正属于他,而他才有资格搭建自己的毡房。而且,回到部落后,当他被看到牵了另一匹马,肯定会遭到一些嘲弄,但人们总会遗忘的,不是吗?就像人们几乎遗忘了乌也曾放弃寻回他的第一匹马,只铭记他是杀死狼王的勇者。他甚至想，只要他作出与乌同样的选择，说不定也将立下同等荣耀的功绩。

无论如何，与其盲目地搜索灰耳朵的踪迹，不如先找到那群马。虽然他十分了解孤马的脾性，但如果灰耳朵真和它们在一起，他就不需要在意愿和理智间取舍，一切难题都将迎刃而解。

来到树林的边缘时，他们收紧了缰绳，命令马放缓脚步。马蹄踩踏枯叶的声响可能会惊扰林内的野兽。失去了挽弓之手的野猪皮仍然是一个优秀的猎人，而且也是一个称职的老师。他曾告诉铁箭棱，猎人一旦走入树林，就应该变得敏锐起来，让自己的眼睛看得更远、更清晰，耳朵听得更仔细，连毛孔都要留意四周空气的变化，因为在林中，你永远不知道一棵树的背后等待着什么；刺莓丛中的骚动可能是一只兔子，也没准是一头等候母亲的熊崽；几根晃动的树枝说不定是一对隐藏着的鹿角，而林中既然有鹿，与一匹狼狭路相逢就不足为怪。于是，在进入树林之后，他们立刻忘却了隔阂，全神贯注地照看着彼此的盲点，直到树林另一端的阳光映照在他们脸上。

他们所寻找的就在前方。不远处，七八匹马悠闲地吃着草或喝着水。野猪皮摆手让铁箭棱停下脚步。如果他们走出树林，必定会引起马群的警觉。

透过薄雾看去，那群马像草地上的石头雕像，必须定睛看上一会儿才能察觉到它们缓慢的动作。或许因为生活在更寒冷的地方，相比南方的马，它们的鬃毛更厚、更长，形体也更健壮。当乌丹人的祖先穿过雾地，见到的第一群马说不定就是它们的祖先。任何一个常与马打交道的牧人都能够判断：只要能被驯服，它们必将成为优异而可靠的坐骑。

然而，铁箭棱也发现，在马群中没有灰耳朵瘦削的身影。铁箭棱的心沉了下去。父亲已从马背上跳下来。他在等待儿子的抉择。

天色尚早，它们摆动着尾巴，静候一天的结束。如果他愿意，他有足够的时间追上一匹马，然后在它的背脊上停留至黄昏。

最终，他向父亲点了点头，于是野猪皮走过来，开始帮他卸下马具。即使在权宜的境况下，他也必须依照习俗，追马时效仿不穿鞋、不携带马具的祖先。他知道，父亲的举动包含着难得显露的关怀。卸下马鞍后，野猪皮才悄悄地离开，在一棵树下独自整理他们的行囊。

在眼前的一群马中，的确有一匹白马格外出众。它几乎和灰耳朵一般高，而且显然不是一匹孤马。几匹母马温顺地待在它的身边，不时用尾巴扫过它的后背，似乎在讨好它。当它沿着河岸跑起来，优雅的身姿吸引了所有马以及人的目光。待年齿稍长，它无疑将成为马群中的首领。按照乌丹人的说法，这样的马会帮主人成为牧圈的长老乃至整个部落的领袖，是每一个少年都想得到的坐骑。

铁箭棱知道，野猪皮肯定第一眼就看到了白马，而且期待他能骑着白马归来。不久前的纠结好像已经无关紧要——命运已经给了他最好的选择。他开始动手解开皮靴的绑带。

树林中,野猪皮摆弄着行囊中的杂物。他数了数干牛粪的数量,还能供他们生一个晚上的火;还有肉干,也只够他们吃最后一顿。关于食物他并不担心,因为这林子里必定能打到猎物。即使他得手脚并用才能撑开弓,且视力远不如从前,射中一只兔子也不是难事。没有了牛粪,砍一些树枝也能勉强生火,虽然新鲜树枝燃烧时的烟会熏得他们难以入睡。实际上,他的心思没放在任何一样东西上。有几次他差点走出树林,但都折了回来。他不知道自己是兴奋还是害怕。那匹白马的模样,还有它所代表的前程他当然知晓,但他强迫自己不要徘徊在这个念头上。

许久之后,他听到身后有人走近,回过头去。是铁箭棱,一个人,赤脚向自己走来。

5

冬后现良马,林中藏秘密。

——乌丹谚语

如果你有机会问居住在杉林中的任何一头鹿(而且假设它们听懂了你的问题并能用语言回答),它们对自己的家有多熟悉?它们都会说,自己知晓每一条野径的去向和每一棵树的历史。但如果你追问它们,你是否走到过每一条野径的尽头?它们会陷入沉默,甚至开始怀疑对于第一个问题的答案。

杉林从未对谁刻意隐瞒过他的秘密,但林中就是有那么多岔路——只要你选择了这条而不是那条,你就永远走不到那条藏有秘密的野径尽头。灰耳朵从杉树那里听闻到的,不过是在每一个岔路口应该作的选择。至于在尽头她能得到什么,她不清楚也不特别在意。她只想去看看连父亲都未曾到过的地方。

她已经走过了第六十三个路口,周遭的草木上已不再残留同类的气息。在她出发时阳光晒着她的后背,而现在她的后背仍然能感受到阳光的热度。到底走了多久,她自己也说不清。

跨过一节腐朽的断木,终于到了第六十四个路口。果然如杉树们所说,这里有两条歧路,一条向东,一条向西。然而,关于在这里应该选择哪一条路,是灰耳朵从杉树的低语中唯一无法领会的内容,因为在他们的语言中,他们所说的既能被理解成"哪一条都可以",也可以是"哪一条都不行"。

只有两条路,索性先选一条吧。她心里的声音对她说,于是她顺着东边的路开始走。这是一条笔直的路,再没出现过任何岔路,却怎么走也走不到尽头。她开始觉得慌张,准备回头,却忽然来到了一个路口。她注意到,这里也有一节腐朽的断木。她闻了闻前方,闻到的是自己身上的气味。她又回到了第六十四个路口。

她无法理解,既然路是笔直向前的,怎么能回到已经经过的地方?接下来,她选择了西边的路,可仍然被一条没有弯折的路带回了原点。她无奈地用角蹭了蹭树,想得到一个答案,但那里没有风,所以没有一棵树可以回答她。

在她未察觉之前,背后的太阳已无影无踪,取而代之的是从杉树的枝叶间隐约可见的星斗。昼夜瞬息而变,在第六十四个路口,时间都不再按照既定的速度流逝。这时,从她刚才蹭过的树上传来一个声音:"四足之兽,你来这里做什么?"

她仰头,看见树枝上倒挂着一个黑色的影子。声音应该是从影子的口中传来的。影子一个翻身,蹲坐到了树枝上,好让她看得更清楚些。那是一种她从未见过的野兽,脑袋圆圆的,能用两脚站立,还长了一条弯曲而细长的尾巴。动物的本能使她知道这个怪家伙并不打算伤害她。

"四足之兽,为何不答?"怪家伙再问。

灰耳朵不是不想回答,但她还没学会发声。她唯一能做的就是原地转个圈,示意自己听懂了。

"四足之兽,已经有三万个夜晚没人路过这儿。怪孤单的,留下来陪我可好?"

她赶忙向后退了两步。

"罢了,罢了,吓跑了你就没人同我说话了。既然是客人,我招待你吃颗果子吧。"

听到这儿,她感到胃部蠕动了一下。自出发以来,她的确还没进过食。

"好,好,我最喜欢贪吃的年轻人。"怪家伙的嘴角抽动着,似乎很开心。他继续说:"不过你得帮我个忙,吃掉一颗果子后请把另一颗扔给我。它们长在树尖,我摘不到。"

她焦急地在树下打转,不知该如何爬上去。怪家伙耐心地指导她:"听我的,你把前腿抬上来。对,对,稳一点。一直向上爬,不要停。闻到果子的香气了吗?"

她的确闻到一股甜美的果香,于是拼命地用前腿向上爬。说起来奇怪,虽然她的两条后腿仍踩在地上,但上半身却可以不停地向上延伸,直到她的头快够到树尖,已经能看到杉林之上的月亮。

"好,好,果子就在树尖。你看到了吗?有两颗青色的果子。但切记,你只能吃一颗。如果两颗都吃掉,你会变成比我还可怕的东西。"

果然，她在树尖的顶端看到一对双生的果子，散发着同样醉人却迥然有异的香气。她吃下其中一颗。

"涩的！你骗我！"她不满地对怪家伙大叫。她感到身体燥热。某种变化要开始了。

"涩就是甜，甜就是涩。只要跟我一样在这待上几百年，你也会明白。好啦，好啦，你快把另一颗果子带下来。"

"不，涩就是涩，甜就是甜。我要吃甜的。"她听到自己的声音变得很粗，像夏天的雷声一样可怕，然后一口吞掉了另一颗已变得鲜红的果子。

6

野猪皮用手按了按铁箭棱的背脊，试图让他在灌木中伏得更低一点。他早已注意到，草木衰败的节奏加快了，稀疏的枝叶已不能完全掩盖他们的身体。即使对于他这样的老猎人，在这个时节狩猎也不是一件轻松的事。身旁的两只猎犬也尽力抑制住呼吸声，怕让对面的猎物有所察觉。他总觉得太安静了，越是安静他的心脏就跳得越快。或许又是过去的记忆在捉弄他。

距他们十步的两棵树中间，一节鹿角和一对耳朵在树枝间时隐时现，说不准下一个瞬间就会有一头鹿跃出或消失得无影无踪。那头鹿可能是他们今晚篝火上的晚餐，也可能只是自然对他们的嘲讽。

在射杀它之前，他们必须确认那是一头小角鹿，而不是乌丹人的灵兽大角鹿。大角鹿是灰耳朵的亲族，也就是乌丹人的亲族，所以世代被禁止猎杀。它们的形体比小角鹿大一些，而且无论雌雄都长了一对巨大的鹿角。它们多半生活在高山密林中，于冬牧场和夏牧场的范围内并不常见。当人们发现大角鹿活动的痕迹，他们会在那里立起一座鹿石，以祈求祖先的庇佑并警示后来的猎人。虽然灵兽的肉被禁止食用，但如果没有它们的角，乌丹人就无法获得来自祖先的启示。所以，猎人们也会告知夏木有大角鹿出没的地点，以便她在冬春之交去捡拾自然脱落的鹿角。大角鹿被猎杀的情况不是没发生过——那是仅次于杀父弑母的重罪。大多数人将它们视为祖先的象征而加以爱护。

如果藏在树后的是一头大角鹿，铁箭棱能做的就只有收回他的弓箭。但他仿佛没接收到野猪皮的指令，径自从箭箙中抽出一支箭，搭上了弓弦。他不是最有经验的猎人，但他有自己的判断。他很肯定他将杀死的不是一头灵兽，而且时机刻不容缓。在他准备拉开弓时，右手被野猪皮紧紧地按住。"不要。"他听见野猪皮低声说。

他恼怒地瞪了父亲一眼，但最终放下了箭。树之间露出的耳朵朝他们的方向转了转，似乎听到了动静。他明白，争执只会弄出更多的声响，令他的猎物逃之夭夭。何况，这大概是他和父亲最后一次一起狩猎了。

在他独自回到林中之前，早已想过了诸多理由向野猪皮解释。他可以说那匹白马有感染瘟疫的迹象，可以说马鬃上有一缕黑毛——对于乌丹人，这是会让马主人丧命的凶兆——甚至可以告诉父亲他没能追上任何一匹马。然而，当他还未走入树林，看到父亲站在一堆杂物边等候他，他便知道自己的内心已被看穿，任何刚编造出的借口都徒劳无用。

他们沉默地对视着，如两头对峙的野兽，谁也不愿先动一下，从而露出破绽。终于，野猪皮背过身子，继续整理地上的杂物。从始至终，他都不询问铁箭棱没有带回一匹新马的理由。其实即便是铁箭棱，也不真的明白自身的想法。

直到他脱掉靴子、准备上马之前，他几乎已将那匹非凡的白马视为自己的新伙伴，而且有十足的信心驯服它。老朋友，是你先背弃我的。他在心里说着，骑上了父亲的马。那是一匹年纪不轻的马，但依然是野猪皮的马中跑得最快的。当初也多亏骑着它，他才得以追上灰耳朵。看着眼前的马群，他仿佛回到了去年春天的冬牧场。那种兴奋感他仍然记得，一半来自对灰耳朵的期待，另一半来自他对父亲的反抗。不，在他的记忆中，两者已不可分割。当他死命地搂住灰耳朵的脖子，任它像暴雨前的云朵一样翻腾，它就已成为他胜利的象征，而放弃它——无论替代者有多好——无异于接受失败。

他在父亲的马上待了很久，直到它开始打盹。他想诚实地告诉野猪皮：他不能放弃寻找。可他又如何做得到？毕竟，关于他与她之间的计划，他都无法向父亲启齿。

父亲整理完了物品，起身朝他走来。他没有像往常一样拿出鞭子，而是在经过他的身边时，一斧头砍在他耳边的树干上，然后告诉他："去追你的马吧。就你自己。"野猪皮打定主意在次日离开，但在那之前他想帮铁箭棱准备充足的食物。除此之外，他什么都不想做了。

不知过了多久，当铁箭棱不再留意自己的呼吸与周围的风吹草动以后，猎物终于走出了它的掩护。他们松了一口气。那是一头健壮的雄性小角鹿，步伐沉静而倨傲，几乎与灵兽一般硕大的鹿角上有磕碰的痕迹和鲜血——那是与其他雄鹿搏斗时留下的荣耀印记。它缓缓行走，庞大的身躯之下，脚步不发出任何引人注意的声音。假使它从他们身后走过，他们必定不能察觉。它看上去比森林内的任何动物都更闲适且无所畏惧，仿佛生来就没有利爪或箭镞可以伤害它。

铁箭棱再次抬高身体，一寸一寸地拉开弓箭。父亲赠送的弓轻便而称手，随着弓弦被拉开，整张弓都蓄满了力量，只要一撒手，箭镞便能无偏斜地射出。这一次野猪皮未再阻拦。他注意聆听着弓弦被抻拉时的"咯咯"声；当声音停止，便是铁箭棱该撒箭的时候。箭会以最适当的速度离弦，既让猎物无暇躲避，又能嵌入猎物的肌肉之内，就算不死它也无法逃脱。弓弦已被拉至极致，然而铁箭棱仍未撒箭。他直愣愣地看向前方，仿佛忘记了自己的意图。

猎犬们蓄势待发，身体比弓弦绷得更紧。

野猪皮向猎物的方向看去，发现雄鹿正盯着铁箭棱。猎物似乎知晓猎人的用意，警戒地面向他们。同时，它也是好奇的，打量着对方的一举一动。事实上，铁箭棱也在观察这头雄鹿。它有一双棕色的瞳仁，会随着双角的摆动左顾右盼。在对视的瞬间，他和这头鹿都像着了魔一般愣在原地。

这并非是他第一次猎鹿。不久前，他骑着灰耳朵参加了部落的第一次春猎。

乌丹人会在每年的春秋各举行一次围猎。秋猎的目的除了获取肉食之外，据夏木说，更是为了收获"馈赠"。自熊赐以来，人们便依靠野兽们的血和肉存续至今。对于灰耳朵的子孙而言，他们吞下的每一口肉、饮下的每一口血、身穿的每一片皮毛无不是野兽所赐予的。正因是赐予之物，人们才却之不恭，就如一个客人不应推开毡房主人奉上的蜜酒。因此，在野兽们经过了一个夏天的休养生息，身体变得肥壮、群落变得浩大时，那些经验老到的猎人便应该放掉黄羊的血，切割小角鹿的肉，将狼和熊的皮毛硝制成抵御寒风的长袍，否则野兽们将对人们的推辞还以颜色：成群的羊和鹿将吃光他们的牧草，鼹鼠将在部落中传染瘟疫，狼和熊将在他们的营地内出没，叼走他们刚刚学会走路的孩子。然而，那样盛大的礼物不应该被轻易地接受。猎人们必须骑上最好的马，挎上最强的弓，腰间插着被打磨过千次的猎刀，以迅猛的姿态冲向每一头野兽，即便他们面对的不过是一只胆怯的灰兔，只有这样，野兽们才确信它们的馈赠未被轻视，才确信人们配享自己的馈赠。同时，秋猎时的协作锻炼了乌丹人的作战能力，使他们成为西方草原上最不可轻视的战士。纵使是令其他部落闻风丧胆的狼种人，也不敢轻易踏入乌丹人的领地。

相比于规模更大的秋猎，春猎则更像是少年们之间的竞赛。参加者都还未接受熊赐，他们会骑上自己刚寻获的第一匹马，带上父亲送给他们的弓箭和猎刀，去追逐刚摆脱了严冬的猎物。此时，野兽们的幼崽还未长大，群落的数量也不足以任人捕杀，但好在参加春猎的多半是第一次出猎的新手，只能追到几只腿脚不灵光的猎物——这正好帮野兽在交配季来临前清除掉孱弱的个体。

春猎少了授受馈赠的庄重，取而代之的是跃跃欲试的野心和禁忌的突破，往往也是仇怨或羁绊的开始：有人会结识日后与他共饮血酒的少女，有人则与竞争一生的宿敌相遇，还有人会在春猎前偷取父亲的弓，以求在围猎时表现突出。虽然夏木和父亲们在围猎开始前会再三提醒参与者遵守狩猎的仪式，但每个人都心中有数：当年轻的骑手们消失在地平线，告诫和规范将变得和风中的草籽一般虚浮。

在那次春猎中，铁箭棱随几名同伴去追一头刚成年的小角鹿。虽然他们都各自猎过不少野兔和鼹鼠，但那是他们第一次不在大人的监视下一起出猎。少年们追着那头鹿已经跑了半个上午，准头不佳的箭矢一次又一次地贴着鹿角飞过，除了徒增惊恐，未能伤到猎物分毫。即便是那一伙中最善射的铁箭棱也几次失手。不过这不能怪他——是并肩而骑的她占据了他至少一半的注意力。她来自北方牧圈，此次专门来参加春猎；虽然之前未曾谋面，自看见她骑着红色的小马走入队列，铁箭棱就再不能从她身上移开目光。可是他越想赢得她的赞许，就越无法在射箭时像平日一般凝视箭尖。更令他心慌的是，每当箭歪歪斜斜地飞出，她都会投来一瞥，仿佛在说：看，你也没有你说得那么厉害。

直到最后也没有人射中那头可怜的母鹿。在它快体力不支时，一个少年用索杆套住了它的脖子，将它拖倒在地。少年们欢呼着围成一圈，打量着他们的第一头猎物。可没人抱着崇敬之心将眼前扑腾挣扎的身体视作一种馈赠。成就感使他们早已忘记了夏木的教导。接下来，在他们需要决定如何杀死它（或如夏木所说"收获它的血肉"）时，他们面面相觑：有的跃跃欲试却不知从何下手，有的知晓方法却怕在同伴前出丑，而个别存了不忍之心的则想着放走它。

正当铁箭棱开始回忆父亲教过的杀生之礼时，她握着猎刀走近了躺在地上的猎物。她捧起鹿的脖子，轻轻地抚摸着它颈部的皮毛。对了，是这样，看来她懂得怎样做——本来他还想上前助她一臂之力。然而，在他以为她要开始念诵"以汝之血"时，她另一只手中的猎刀迅速地划开了鹿的喉咙。惊恐的神色从鹿的眼睛中一闪而过，接着血如溪流般涌出。她抬起头朝他笑了笑，然后做了一件他从未想过的事——她用嘴贴上了猎刀划出的伤口，大口地吸吮着鹿血。过了半响，她站了起来，嘴边沾着冒着热气的鲜血。举起猎刀，她像狼一样发出一声长啸。包括铁箭棱在内的少年们顿时陷入了狂热，他们一个接一个蹲下，吸食鹿的血液，直到它停止了四肢的抽动。

离开前，他们公平地分割了猎物，以保证每个人都能得到一块鹿肉。那头母鹿的肉将作为晚餐出现在每一家的火塘上。

铁箭棱十分清楚，她的所作所为绝不符合春猎前父亲的教导。事实上，如果被夏木得知，她会责罚每一个参与猎杀那头鹿的人，因为那是对于馈赠的亵渎。乌丹人依靠野兽的血肉生存，但他们视出于享乐而进行的屠杀为耻。就算是灰耳朵，在接受熊赐时也心怀敬畏。轻佻的猎人怎配享有贵重的礼物？夏木肯定会这样说。

但少年们回到自家的火塘后，自然会默契地守口如瓶。事实上，那段经历成了他们共有的秘密，他们之间的关系也因此而变得特殊。从同一头鹿的脖子上饮过血后，他们之间建立了某种"血缘"，而且在他们心中，那远比真正的血缘深邃。特别是铁箭棱，他永远不会忘记她划开鹿的动脉后朝他一笑。从那时起，他就无时无刻不想再看一次那样的笑容。

当与父亲一起面对眼前的这头鹿时，他早已想不起春猎时尝过的鹿血是什么滋味，甚至当他尝试回想她割破鹿颈时的样子，他的脑袋也一片空白。在他脑中只有一个画面，那便是母鹿血液流干后所露出的眼神。它似乎在对他们说：好了，现在谁也不能再伤害我。

如果不是野猪皮用脚勉强地撑开了自己的弓，迅速而准确地射出一箭，不知最终会是鹿先拔腿逃跑，还是铁箭棱先发制人。当铁箭棱回过神来，那支箭已经插进雄鹿的脖子，血液从创口中涌出。雄鹿高昂的头颅缓缓垂下，最终和它的身体一起瘫软在地。可显然它并未立刻死去，一边徒劳地在泥土上挣扎，一边惊恐地望着他们。闻到血腥气，猎犬冲出灌木向猎物狂奔，但被野猪皮的口哨唤了回去。还不到它们享用猎物内脏的时候。

野猪皮拔出自己的猎刀递给儿子。铁箭棱沉默地接过猎刀，起身走向垂死的猎物。我要做什么？他在心里问。其实他早已知晓答案：他要做猎人该做的事。

他应该走到雄鹿身边，仔细拨开它周围的枯叶，让鲜血直接流入土壤。然后，他要用左手盖住雄鹿的眼睛，用倒持刀柄的右手寻找心脏的位置。再忍受一下，再忍受一下——他应该对雄鹿低声说。当他的右手明确地感应到了跳动，他应该默念：以汝之血，以汝之肉，以汝之心，以汝之命——然后干净利落地刺入猎刀。为了使猎物快点死去，猎刀应该插入至直没刀柄，停留至它的心脏停止跳动。

抬着雄鹿的尸体回来时，他也许能从父亲的神态中看到赞许。他将证明，他是一个不比父亲差的猎人。

枯叶被拨开，鹿的眼睛被遮盖，心脏的跳动被感应。是那里了，"以汝之血，以汝之肉，以汝之心，以汝之命"被念诵。他终于获得了一个狩猎者杀死猎物前应有的平静。他，是灰耳朵的子孙；他，是野猪皮的儿子。但当他转过猎刀，准备刺进鹿的胸膛，他得知：狩猎者正被狩猎。

7

他猛然抬头，发现四周的阴影中隐现着黄色的眼睛，黑灰色的身躯正一点点探出草丛。狩猎者的时机已到来，围猎即将开始。

紧握着猎刀，铁箭棱缓缓后退，而狩猎者也不紧不慢地逼近，似乎知道自己胜券在握，不急于马上出击。他终于能看清，前方是六匹体型硕大的狼。准备迎接冬天的它们刚换了一身厚厚的皮毛，最大的那匹——应该是头狼——比一头熊小不了多少。显然，狼是受到了血腥味的吸引，但现在它们对那头垂死的鹿看也不看。它们知道，死的跑不了。

铁箭棱张开手臂，使自己的身体看上去比实际更高大，一边用力跺脚，一边对狼大声呼喊。这是他从部落中老猎人口中听来的驱狼方法，或许对于落单的狼的确有效，但在狼群的包围中，仅仅使它们的脚步迟疑了片刻。狼群离他只有不到七八步的距离，只要背脊一弓就会猛扑过来，先咬住他的四肢，再对准他的脖子。

忽然传来了父亲的口哨声。不知何时，野猪皮骑马绕到了狼的身后，两只猎犬也赶到铁箭棱的身边低吼着。野猪皮用脚拉开弓，弓上搭的是一支三棱箭。三棱箭所造成的创口不仅能让猎物大量失血，而且极为疼痛，因此除非面对猛兽，乌丹人也不愿轻易使用。还未等那些狼反应过来，父亲手中的箭已脱弦，顷刻间贯穿了一匹狼的脖子。被射中的狼倒在地上，四条腿剧烈地抽搐着，仿佛想在死前抓住点什么。铁箭棱默默地念诵了一句"以汝之血"。

目睹了同伴之死，余下的五匹狼并未放弃，四匹狼调转身子，矫捷地向野猪皮围拢，头狼则独自看守着铁箭棱和两条猎狗。

野猪皮边退边射，但再没有一箭射中它们。射中快速奔跑中的动物本非易事，况且狼在围捕猎物时懂得相互配合，忽左忽右地干扰着他。现在狼几乎将他围住，只留了身后的方向，似乎刻意要放他逃走。马儿也开始惴惴不安，不受控制地后退。他自然知道，只要自己骑马离去，所有的狼会立刻扑向儿子。

这时，野猪皮扔掉了弓箭。围攻他的四匹狼反而显得不知所措。它们大概不确定是猎物放弃了抵抗，还是他有什么未知的手段。趁着狼群止步，他抽出了系在腰间的铜斧，再迅速地用一块布条蒙住了马的眼睛。接着，他用力夹了夹马的腹部，催促马冲向守在前方的两头狼。忘记了恐惧的马向狼群勇猛地冲锋。首当其冲的两匹狼来不及闪躲，被斧头砍中，但两侧的野兽抓住机会，一匹咬住了马脖子，另外一匹咬住了马腿。狼牙紧紧地嵌入马的身体，用力把马拖倒在地。野猪皮跟马一起摔倒，右腿被压在马沉重的躯体下。他忍着剧痛拔出腿来，跛着腿挥舞铜斧，使两头野兽不能靠近。

马血浸透了野猪皮的衣服。虽然马挣扎着想站起来,但它的生命即将结束。野猪皮在它的耳边叫它的名字,对它说:"安静地走吧。"它不是他的第一匹马,但他仍然记得骑回它的那天,铁箭棱学会了说第一个字。他说的是"达达"——乌丹语中父亲的意思。它已经很老了,但仍然是他最快的马。如果不是为了追那匹可憎的孤马,它本可以在干草垛中安享余生。

头狼也在和两条猎犬周旋着。尽管它们不如头狼力气大,但都身经百战,所以一时间头狼竟然占不了上风。铁箭棱握着刀柄跃跃欲试,但三头猛兽的争斗容不得他插手。猎犬的眼睛变成了红色,毛竖了起来,嘴里发出与平日不同的咆哮。他不能确定它们的搏命是为了守护主人还是因为恢复了兽性。它们一直是他放牧与打猎时最可靠的伙伴。当他独自陷入沼泽,是它们死死地咬住衣服将他拖了出来。同时,它们也是凶猛的野兽,能一口咬穿野牛的喉管或扑倒最强壮的成年人。

然而,头狼的胜利终究会到来。一条猎狗被头狼的爪子划开了腹部,露着青色的肠子,另一条的脖子被头狼咬伤,不停地淌血。用不了多久,猎狗会丧失战斗力;那时,头狼扑食这个年轻的人类将轻而易举。

天马上要黑了,野猪皮知道必须结束战斗。在黑暗中,对于这些狼,他们无异于几具等待被啃食的尸体。他猛然侧身,背对其中一匹狼。那头狼看猎物露出了破绽,立刻扑向他的后颈。他稍一侧头,任狼咬住自己的肩膀,同时一斧砍向狼头。狼要闪避,但狼牙已深深地嵌入肉中,直到颅骨被斧刃劈开也未能松口。这时另一匹狼也扑了过来,咬住了他断手的手腕。他感到愈合多年的断骨再次开裂,可他的计策奏效了。他逼近狼的身体,顺势拔出猎刀,刺进了狼的心脏。

铁箭棱看到父亲握着铜斧走近头狼。在仅存的微光中,他分辨不出父亲身上的血哪些来自马,哪些来自狼,哪些又来自自身的伤口。现在,他终于又能回忆起她喝完鹿血时的模样,那竟然与眼前的父亲有些相似。一时间,他感到自己曾经有过的念头格外可笑。他,永远不可能成为杀死狼王的乌。他的父亲才是。

8

皮毛失,言语得,过去之身汝耶?现在之身汝耶?

——《乌丹夏木·二足之章》

黎明前,灰耳朵在泥泞中醒来。她挣扎着撑起四条腿,刚刚起身却又摔入泥中。

她需要水。在她的嘴边正好有一摊烂泥,于是她凑过去,一点一点吸吮泥中的水分。那味道很怪,她不知道怎么形容。泥水自然说不上好喝,但她的舌尖还是从水中尝到一股甜味。她尽情地品尝着泥水的味道,就像她从未喝过比这更可口的水。

待稍稍恢复了一点气力,她再次尝试站起来。这次她没有摔倒,但发现了更严重的问题。她已经能安稳地撑起前腿,但却无法保持平衡。不知为何,她的后腿变长了许多,所以站立时她只能高高地抬起屁股。可这样怎么走路呢?维持着这个姿势尝试了一会,她终于学会了一摇一摆地缓慢爬行。

接下来,她必须找点吃的。她摸索着在附近找到一块岩石,岩石上铺着一片饱含露水的苔藓。她用舌头舔了舔苔藓,除了露水之外，却什么也舔不到。她又更用力地舔了几下，仍然一无所获。难道她的舌头也不管用了？她气急败坏地用牙咬下了几片苔藓。

这怎么吃得饱？她这样问自己。一番搜寻后，她又在树干上找到了几朵蘑菇，饥饿感总算稍稍得以缓解。但以这蹩脚的姿势行走让她筋疲力尽，于是她不得不把后腿弯曲，用膝盖跪在地上。用膝盖走路反倒舒服些。

从树林的顶端有微光透入。她知道天快亮了，也终于能镇定下来观察四周。她闻不到熟悉的气味，但看到前方有一段朽木似曾相识。前方一定是第六十四个路口，她对自己说，但为何闻不到自己曾经留下的气味？不管怎么样，她只能向前走，找到那个两条腿的怪家伙，询问吃下野果后到底发生过什么，顺便在路上找些更能填补肚子的食物。

那棵树还未消失，树上却不见了怪家伙。不过，她现在终于能回想起一点昨晚发生的事。她记得，当她把前脚放在树上时，自己的身体被一点一点拉长，最终吃到了那颗难吃的青果子以及比青果子更难吃的红果子。她想，如果怪家伙躲在更高的树枝上，说不定她能再次拉长身体，一把把它拉下来。

于是她艰难地直起上身，前腿搭在树上，这个动作出乎意料地让她感到轻松。她的前蹄竟然能牢牢地抓住树身，丝毫不会滑开。这时她才察觉前腿的异样。她不再拥有坚硬的蹄子，而是长着柔软的肉掌和十根像木棍一样的肉棒（当然，她还未开始称它们为"指头"，也不知道她的前腿应该被称作手臂）。

身体的异变并未使她恐惧，反之，当她打量光滑的皮肤、灵巧的关节时，她感到惊奇，如同她第一次听懂了杉树的语言。借着双手的力量，她缓慢地直起身体，直到双腿完全绷直。好舒服。她对自己说。她决定今后不再用四条腿走路。

还没等树的魔法发挥作用，她已经能从头顶的枝叶间看到一条蜷起的毛尾巴，只要伸直手臂就能够到。她尚未学会客套，于是直接抓住尾巴，从树上扯下了正在酣睡的怪家伙。

那是她第一次仔细地打量怪家伙。怪家伙很丑陋，身上的毛东一块西一块的，还有一对赤红色的屁股。即使它站起身来，头顶也只及她的腰间。他无神地望着她，懒散地说："四足之兽，你又来找我做什么？你已经吃掉了我的宝贝。"

"宝贝？你说那两颗难吃的果子？"

"还能有什么？你吃掉青果子也就罢了，那颗红果子是留给我自己的。"

"我帮你尝过了，比青果子更难吃。"

"你知道什么！只要吃下成熟的果子，我就可以离开这里。"

听闻此话，怪家伙气得跳了起来，但也只够到了她的肩膀。

"离开？然后去哪？"

"离开就是离开！"怪家伙再次跳起来，像是被问到了它自己也不知道答案的问题。

"那么你告诉我，吃下果子后我变成了什么样子？"她继续问。

一瞬间，怪家伙的神情从恼怒转变成了幸灾乐祸，他狞笑着回答："什么？你不知道？找片水洼照一照就知道了。不过，别被自己吓到。"

"你先说说看。"

怪家伙陷入苦思，仿佛找不到准确的语言去形容她的模样，过了好一会儿才开口道："你是杉林中最难看的野兽。就算杉林用尽语言，都无法形容你的丑陋。"

她一把捏住怪家伙的脖子。怪家伙的红脸因惊恐和窒息而变成了紫色，眼睛中露出求饶的神色。她放开手，任它的身体摔到地上。她不能解释自己何来如此大的力气。

"告诉我怎么回家。"她说。

"每一条岔路都能带你回去。这里的路只能困住属于杉林的野兽。"它带着恐惧回答。

"但我饿得走不动了。我该吃些什么？"

听闻这个问题，怪家伙绕着她的身体转了一圈，一边走一边探嗅着她的气味。终于，他若有所思地对她说："只有血和肉才能喂饱你。"

"我该去哪找血和肉？"

它摇摇头，说："这不是我该回答的问题。"

得不到答案，她只好转身离开。与怪家伙的交谈影响了她的心情，但她必须去寻找怪家伙说的血和肉，尽管她还不知道血和肉究竟是什么。

9

野猪皮提着头狼的首级喃喃自语，总算完成了迟来的杀生礼。不过要是被夏木知道，他在动物的心脏停止跳动后才念"以汝之血"，难免要被斥责一番。既然头狼已死，它的血肉就再非它所有。那么，如果血不再是"汝"之血，肉不再是"汝"之肉，念诵这些还有什么意义？夏木会这样质问。跟自己的儿子一样，他从来都不擅长解答这些问题。

他已经提着狼头坐了许久。铁箭棱在一旁用猎刀切割一条鹿腿。他的手法不甚熟练，所以即使累得满头大汗，也割不断鹿腿的关节。他的身上和周围被弄得到处是血和碎肉。这不是一个好猎人处理猎物时该有的样子。

或许该走到河边洗掉身上的血——一个念头唤回了野猪皮。他的脸上像涂了一层红色的干泥巴，散发着血腥味。血腥味并不困扰他。在不知多久以前，他也曾这样满身鲜血地坐着。他还记得，那气味反而让他感到平静。

铁箭棱终于意识到他用错了工具。他扔掉手中的猎刀，走到父亲身边，捡起了那柄劈杀了五匹狼的斧头。他先在鹿腿上方比划了一下，再一斧砍下。鹿腿应声而断。

骨头断裂的声音对于野猪皮也不陌生。在他一生中，每一次肢解动物时，他都会听到那种声音。其实，斧头砍断人骨的声音也相差无几。骨头就是骨头，只要斧头够利、够结实就能斩断。曾经有段时间，他不用去思考他砍断的是人还是野兽的骨头。那是很久以前了。

他努力使自己的注意力转移到铁箭棱正在做的事上。那头鹿身上能够食用的部分已经被砍成便于携带的肉块。然而，除了内脏，地上还残留着许多被遗弃的肉碎。他还是没学会怎么处理猎物。对于一个猎人，那甚至比猎杀猎物的技能更重要。他感到气愤，但忍着不发表意见。

接下来该生火了。铁箭棱倒颇擅长这项工作。他用父亲的斧头麻利地砍了一些易燃的树枝，用来搭建一座简易的火堆，又找了些干草和干牛粪放在火堆底下，用火石打了几下后干草便开始燃烧。火苗徐徐蔓延到了整座火堆。至少他独自一人时不会冻死，野猪皮暗自想。

他当然不放心任铁箭棱一个人进入雾地去追那匹孤马。待与他分别后，他打算折回，偷偷地跟在他身后——这是原本的计划。即使只隔了一丛灌木，他也有自信不让儿子发觉他的存在。这甚至不是一个值得权衡的决定，他该作的选择在十五年前已经完成了。

但那群狼的出现改变了他的处境。断了一条腿、大量失血的他只会成为铁箭棱的累赘。时间不多了，他已经嗅到那股熟悉的气味。

应该怎么做，才能让铁箭棱独自一人活下去？即使他现在抛下自己，独自马不停蹄地赶往冬牧场，大寂静也会在途中将他截杀。自己所有的知识和经验仅能证实一件事：在他们决定离开夏牧场时，就注定会陷入现在的绝境。那日夏木的谶语仍回响在耳边："欲前难前，欲弃难弃"。他并不笃信在他所见的世界之外还存在能佑护或诅咒人们的某种力量，但夏木的谶语似乎预示了他们的处境。夏木常说，只要相信，谶语中的指引就不言自明。但相信可以是一种选择吗？他不确定，但决定试试看。

篝火噼里啪啦地烧了一会儿，烟渐渐地少了。铁箭棱把串好的肉块插在篝火旁的地上。在他很小的时候，野猪皮就教过他不要在火上直接烤肉，因为那样会烤干肉中的汁水。最好吃的烤肉一定是在火旁慢慢煨熟的。

"你闻到了吗？"野猪皮问正在翻动肉串的铁箭棱。

"闻到什么？肉吗？还是木头？"

"都不是。你站远一点。"

铁箭棱迟疑地看了看父亲。父亲的表情不像是别有目的，于是他走到了远离烟火的地方，用力吸了一口气。冰冷的空气进入了他的鼻腔，又进入了他的肺部。除此之外，他还嗅到了一种气味。那是一股奇特的甜，有点像牵牛花蕊中的花蜜，从鼻腔渗入他的咽喉。

"铁箭棱，你要记住这气味。"

"这是什么？为什么之前闻不到？"

野猪皮没有作答,因为提问者已有所发现。一粒霰粒落在了铁箭棱的手上,随即融化成一滴水珠。第二粒、第三粒,数不尽的霰粒穿过头顶的枝叶,稀稀疏疏地落入火焰,在蒸发成水汽前反射出微弱的光芒。他闻到的是下雪前的气味。

"大寂静已经来了?"他问父亲。

野猪皮摇了摇头,说:"今晚。"

"你现在走,也许还能赶上南迁的人。"

"无论我往哪个方向走都避不开。"

他沉默了一会儿,对父亲说:"对不起。"

野猪皮摇了摇头——像是拒绝他的道歉,又像是在告诉他无须道歉。他说:"你要继续走才能活下去。留在这儿只会被雪埋起来。"

铁箭棱立刻明白了野猪皮的意图。父亲仍然想保护他,但他不想要这样的保护。

"可我一个人该去哪?"

野猪皮无法肯定地回答,但在刚才的沉思中,他的确有了一个答案,尽管他自己对这个答案也抱着万分怀疑。

"你要渡河,走过雾地,寻找杉林。杉林是大寂静唯一不会到访的地方。"

铁箭棱记得,《乌丹夏木》中的确有记载:杉林的安静连大寂静都不曾打破,但没人能断定那不是一种夸张的修辞。人们常常引用《乌丹夏木》的诗句,却很少有人确信其中的每一个细节都真实无误,因为无论谁都知道,充满了押韵和比喻的语言优美但不一定准确。

因此，他不理解父亲的判断。父亲冷漠、严厉、喜爱喝酒，但一直以来教导他：永远不要寄望于任何神秘的事物。那大概是来自父亲的教导中最令他信服的一点，他不打算就此舍弃。于是他回答："我不觉得这是最好的选择。"

"你别无选择。"野猪皮摇了摇头，"至少对岸的密林能多少阻挡一下风雪。这是你唯一的机会。"他顿了顿，似乎不确定是否应该继续："你的马也在雾地。你应该知道，一匹孤马比任何人都更知道如何在大寂静中生存。"

这段话使铁箭棱无法拒绝他的提议。不过，现在他得说服父亲：他想找到灰耳朵，同时希望父亲和自己一起活下去。

"我追不上他。"他略显生硬地说，"你必须帮我。"

野猪皮露出的笑容中满是嘲弄，那神态像是在揭穿一个不甚高明的陷阱。铁箭棱在学习狩猎时，最反感父亲的脸上出现这样的表情，不过他总能想出法子让父亲刮目相看。这次，他依然不会轻易接受父亲的嘲弄。

他对父亲说："你准备留在这儿等死，对吗？"

野猪皮不置可否。

"那么，在我们分别之前，你应该完成那件亏欠我的事。"

"亏欠？孩子，我不亏欠你任何事。我说过，你的马你自己追回来。"

"我说的是关于我母亲的事。你不应该告诉我她是谁吗？她是否还活着？如果她已经死了，她又是如何死的？这就是我想知道的，也是你亏欠我的。"

野猪皮脸上的表情与其说是为难,不如说是惊讶。此刻的他不比一头掉入深坑的野猪更知道如何摆脱困境。他不能——还没准备好——回答儿子的提问,所以他只能妥协。

　　过了半晌,他终于说:"走吧。"

　　他想起了很多年前的另一个夜晚。在那个夜晚,白色的风已经开始吹,他被斩断的右手腕仍滴着血,左手却抱着一个婴孩。他即将抱着那个婴孩走入白色的风中。

第三章 雾地

1

他看见，在乳白色的黑暗中有一点光亮。他不知道还要走多远才能到达那里，看看光亮究竟是什么。不可能是月亮，因为月亮从不曾沉到树梢之下。更不可能是人类生起的火。人的火从来都不是守恒的，不是越烧越高，就是慢慢熄灭，而他看到的光不会变化——真的还就像夏夜中沉稳的月光。

他是从什么时候开始发现那团光的？一定是在他渡过了那条银色的河流之后。一开始他只想在河边饮两口甘洌的河水（他几乎忘记了河水的味道与水洼中的死水有什么不同）但当他的四蹄被飞溅的水花打湿时，身体中有一个声音告诉他：渡河。

纵使是他也不敢轻易踏入未知深浅的河水，何况是在大寂静来临之前——热量最稀缺的时候。只有成群的马才不惧怕渡过陌生的河流，因为只有并肩而行，它们的躯体才能够抵御激流。但声音不容他辩解，提醒他自己是一匹孤马，从来都是，而孤马必须学会独自存活，包括独自在大寂静来临之前渡过陌生的河流。于是他按捺住所有的念头，包括那个催促他的声音，冲向了河水。接下来他能感受到的只有浪花，而他的身体像一根浮木，承受着浪花的冲击和拉扯。可没有一根浮木能够和坚韧、强壮的他相提并论，所以在浪花骤然退却后，他发现自己已经踩着白色的鹅卵石，踏上了彼岸。在那里，他看到了光。

他离开了他所熟悉的环境。草越来越少，树越来越多，蹄下不再是平坦的泥土，而变成了越来越陡峭的林径。他的头顶被高耸的树冠所遮盖，不再能一眼望到地平线，树干和树干之间、叶子和叶子之间只有沉重的雾气。他在这里没法全力奔跑，因为走不了几步就会被一根凸起的树根或一块石头绊住脚。尽管他已经异常小心，后腿还是被尖石划出了一道深深的伤口。这更加拖慢了他的速度。他以为会很快走出去，但这林子似乎比任何草原都广阔。已经过了一夜，而他还是只能盯着前方的光亮不停地走，乃至遗忘了口渴和饥饿。现在，他只想看看那发光的东西。

林子中能吃的植物不多，牧草难以在遮天蔽日的树荫下生长，而树叶和灌木都不合他的口味。如果不是如此，在这里生活或许并不很坏。在这里，他闻不到任何同类的气味，也没有人类生活的迹象。他不明所以地跑了那么久，难道不是为了找这样一个地方？但他的身体仍然一直催促着他：走，继续向前，不要停。

尽管如此，当他的四蹄开始颤抖时，他也不得不停下脚步。他必须找点能勉强下咽的食物，最好还能找到一点水。低头嗅了一会儿，他终于找到一些未完全干枯的树叶。咀嚼着树叶的同时，他能感觉到暗影中窥视他的那些眼睛。自进入这片林子，他一直知道自己并不孤单。但这些窥视者还不足以让他恐惧。他误入了他人的领地，就应当接受窥视；如果他们想吃掉他，他就跑，如果跑不掉，就会被吃掉。一直以来，他所适应并以之为生的法则本就如此。所幸窥探者没有采取行动，可能因为他们刚饱餐一顿，可能他们只是单纯地喜欢窥视。即便如此，他不知道危机会在什么时候倏忽而至。他必须继续走，走快一点。

前方的光亮依然微弱，但他开始能稍稍看清光的形状。其实那是一团绿色的光雾，没有清晰的边界，难以辨别光明在何处结束，黑暗从何处开始。经过一夜的跋涉后，他的追寻终于有了些许进展。他变得亢奋起来，加快了四蹄迈进的速度，连后腿的伤口都不再疼痛。

随着他的前进，光雾变得越来越大，也越来越亮。在一片没有树生长的空地中，他忽然刹住了脚步，因为他发现光雾就在他的眼前。更确切地说，他已身处光雾之中。他的四周漂浮着微小的绿色光粒，如空气中有什么在燃烧。

他继续在光雾中走，但放缓了脚步。除了因为疲惫，他也在寻找释放光雾的光源。阳光来自太阳，火光来自人类搭建的火塘，草原上的点点荧光来自虫子。一定有什么东西，以一种他无法理解的方式释放着光雾。果然，当光雾的密度开始增加，甚至开始变得刺眼，他知道光源已在眼前。强光中，泪水从他的眼睑涌出，但最终他看清了眼前的景物。

从他的脚边开始，一直到前方黑暗再次开始的边际，地上散落着数不清的骸骨。同他一样，它们也是四足之兽，但都长着一双大角，有些还未完全腐烂，有些则有树根穿过骨头的缝隙。他无法得知这里是一群野兽的坟场：野兽们病入膏肓时，就会独自来此，在祖先尸骨的陪伴中等待死亡。他也不会知道尸体是如何一点点地腐烂，直到露出黄色的骨头，磷才会从骨头中分离，在空气中燃烧并释放光明。

但至少，他知道光雾来自这些长着大角的骸骨。他甚至认为它们并未真正死去，因为光就是他们活着的证明。透过光雾，他终于能仔细地观察四周。这里的树不太寻常，都长着尖尖的叶子。这些叶子落到地上，就如同铺了柔软的毛毡。毛毡上睡着光雾的主人。

2

当铁箭棱搀扶着野猪皮来到河边,野马群已不知去向,地上只残留着它们留下的粪便。天上仍然下着霰粒,但已经开始变得有些轻飘飘的,看来用不了多久就会降下真正的雪花。夜已经降临,他们必须燃着火把才能看清近在咫尺的河面。或许因为大寂静即将来临,连河面都显得异常平静,但这让观察者更难判断河有多深、水流有多湍急。铁箭棱在河滩上找了一块石子,向河中间投去。石子在入水时发出了一点声响,但很快沉寂在水流中。他不死心,正要捡起第二块石子,却被野猪皮拦住了。

"不用试了,河水足够没过你的肩膀。"

"我们要不要等到天亮?"

"可大寂静不会等待。我们必须尽快过河,对岸的树——如果真如传说中的那样高——可以暂时保护我们。"

"可怎么渡河?"

"蹚过去。"父亲不带迟疑地回答。

铁箭棱怀疑父亲因失血过多而变得不太清醒。自他杀死最后一匹狼后就一直魂不守舍,独自呆坐在一旁,甚至不像往常一般指摘铁箭棱处理猎物的方式。他一定在想过去的事。他又一次抑制住自己的疑惑。他知道无论如何也不会从父亲那得到答案，反而会碰触那个让父亲陷入过往的陷阱。何况，他们眼前有更紧迫的麻烦要解决。

"你的伤还好吗？"他问野猪皮。

"死不了。去牵马。"

铁箭棱拉着他们仅剩的一匹马，尝试带它来到岸边，但它好像知道接下来要做什么，死命地向后退。铁箭棱只好拿出鞭子，抽打着它以逼迫它向前，但即便如此，它也无视他的命令。

终于野猪皮拦住了铁箭棱。他把马带到一旁，拍了拍它修长的脖子，而它垂下头，闪避着主人的目光。忽然，铁箭棱见父亲卸下了马鞍，接着是缰绳，最后连马嚼子也都取下。马晃了晃身体，发出了几声叹息般的嘶鸣。

野猪皮凑到它耳边，轻轻地说了几句话；在退开前，他再次拍了拍它。

当铁箭棱还在猜测父亲的用意时，马转了个身，开始跑，向远离河岸的方向。一眨眼，它就消失在黑夜中，只留下一阵比河水更轻的蹄声。

"为什么放它走？"这时，他才带着恼怒问父亲。

"它只能走到这儿了。"

"没有它驮着你，我们走不快。"

这一次父亲面对质问竟然无话可说，但铁箭棱不打算就此饶过他。

"你放它走是个错误。"

"是的。"

"你得告诉我理由。"

"你能告诉我你为什么一定要追到灰耳朵吗?"

他们都不再说话。

没了马来驮负重物,他们不得不放弃行囊中的大部分物品,只随身携带一把弓箭、一柄铜斧、一块打火石和几块鹿肉。另外,野猪皮在行囊最底部拿出了那两双样式奇怪的大鞋子。它们看上去比熊的脚掌还大,由细而有韧性的皮条编成,拿在手里却非常轻。他给了儿子一双,告诉他渡河时可借助它们的浮力使自己不沉到水里。在渡河前他们脱掉了身上的厚衣服,塞进防水的皮毡里。如果穿着衣服,冰冷的河水会一下浸透衣服,而沉重的湿衣服将他们拖到水底。他们拿起皮毡,高高地举在头顶,来到了岸边。吹着凛冽的风,他们的身上起了鸡皮疙瘩,每一处关节都在不受控制地发抖。下水前,他们必须等待战栗停止,让身体适应寒冷。

铁箭棱侧首看了看父亲。雾气和暮色使一切变得难以辨认,但方才与狼群搏斗时留下的伤口隐约可见。除此之外,还有许多老疤痕。他不是第一次看父亲的身体;实际上,对于他来说,那些或长或短的痕迹无异于父亲的毛发和皮肤,自记事以来就每日看惯。正是因为太熟悉了,他才从未想过它们是什么时候,以及如何留下的。忽然之间,他迫切地想了解父亲的过往——不涉及自己的身世也无所谓。他去过哪些地方?见过哪些部落？认识过哪些人？但最终在他踏入河水前，脱口而出的是另一个问题。

"可灰耳朵是怎么过河的？"他问。

"你问的是祖先，还是你的马？"

"马。"父亲忘了，他还不配说我的。

野猪皮沉吟了半晌，说："它是一匹不怕死的孤马。只有不怕死，才能够活下去。"

"你却不希望我选择一匹不怕死的马。"

"不怕死的马不能被驯服。"

"如果我们被不归之河冲走，会怎么样？"铁箭棱深深地吸了口气，再次发问。

"淹死或冻死。"

"死后会如夏木所说，回到灰耳朵居住过的杉林吗？"

"我不知道。但反正我们都要去对岸。"

"对岸到底有什么？"

"在岸的这一边，你永远不会知道。"野猪皮深呼了一口气，终于控制住身体的抖动。当再次开口时，他说："好了，我们该走了。只要抓紧我，你今天就不会死。"

乌丹人说，结冰前的河水比冰更冷。随着他们越走越深，水逐渐没过他们的脚腕、膝盖和腰，他们感觉到水在皮肤上凝结成冰，再被体温融化。即使对岸真的是亡灵流连之所，他们也只想快点穿过这条河，在对岸生起一团火烤暖身子。但走在湍急的流水中，脚下又踩着湿滑的鹅卵石，他们不得不步步为营，只怕一个不小心，就会失控漂向下游。寒冷使铁箭棱无暇思考，他不记得在水中停留了多久，可能是一堆草烧成灰的时间，抑或是半个晚上——不，不可能，用不了那么久，他就会冻死。

他听到一只啄木鸟在努力地打洞。那声音很近，几乎就在耳边，撞击着他的耳鼓令他不陷入沉睡，但在四周越来越浓的雾中，他什么也看不见。

连相隔咫尺的父亲都变得若隐若现，若不是抓着父亲的肩膀，他甚至不能确定野猪皮仍在他身边。他叫了父亲一声，却没有听到回应。忽然，他所抓着的身体越来越重，开始被水流向下游拖曳。

他再次大声叫了叫父亲，仍然没有响应，于是立刻上前抱住了野猪皮的身体，以阻止他被河水带走。虽然手臂已变得麻木，他却绷紧了每一寸肌肉，拖着父亲向对岸缓缓前进。

他感到小腿的韧带几近撕裂，但他不能停下片刻，因为最短暂的休息都会让他再也迈不开脚步。当他们接近河中央，双脚已几乎离开了河床，只能依靠漂浮的大鞋子维持平衡。他只能不停地蹬脚以保持两个人的头部能露出水面呼吸。每蹬一下，他都感觉已用完了最后一丝力气，任身体像石头一般下沉，直到呛入一口水，才又无意识地挣扎出水面。每一次沉与浮都是生和死的交替。

他的脚终于重新触到了河床。每向前一步，河水都低了一些，他们渐渐地露出了脖子、肩膀和腰。他摸了摸父亲的心脏，能感受到微弱但持续着的跳动。风吹拂着他的皮肤，并不比在水中更暖和。但那风使他意识到他们已从死亡中走出，尽管到达的可能是另一个死亡之地。在那里，目光所及只有浓厚的黑暗。还好，他听到了一阵沙沙的声响。是风吹动树枝的声音。

他背着父亲来到避风处。这里正好是几棵大树的中间，地上铺满了落叶。他用被冻僵的手指解开父亲背上的行囊。好在行囊外包了一层皮毡，避免了里边的衣物被河水浸湿。他先用衣服把父亲裹起来，自己再穿上衣服。在行囊中，他摸索着拿出打火石，在地上打了很久，终于点燃了地上潮湿的枯叶。虽然那只是一团随时可能熄灭的火苗，对于他却仿佛是熊赐那晚燃起的大火塘。仅仅是火光本身就让他感到无比温暖。

他一直听到的啄木声开始放缓了，直到完全消失。他才意识到那来自牙齿的战栗。

3

血取汝父，肉取汝母，汝兄之筋，汝弟之骨。

彼愿舍之，汝将何图？

——《乌丹夏木·血肉之章》

坐了很久，她终于等到有风吹进来。只在有风时，他们才会打破沉默，开始窸窸窣窣地交谈。只在此时，他们才能回答她的问题。

当交谈开始，她大声（她终于能发声加入他们的交谈）问他们：

"血是什么？肉是什么？"

杉树悠长而繁复的私语持续着，每一句都包含了数不尽的意思。她仔细聆听，却无论如何找不到自己想要的答案。虽然他表达了无数个想法，但她听得出来，他们似乎刻意地回避着她的问题，就像：当你问一个人他不愿回答的问题时，他会顾左右而言他，谈谈今天的天气或远方的消息。杉树的语言极为复杂，只要你稍不注意，思维就会被带进一座庞大的迷宫中。在那迷宫中,你甚至不会再记得自己的提问。但她在迷宫的门外停住了脚步。她只知道,自己的问题被理解了,却未被回答。

"血是什么?肉是什么?"她第二次提问。声音比刚才更大了些。

杉树恨不得保持沉默,但只要风未停止,他们的身体就不得不摇晃,而只要他们的身体摇晃着,他们就不得不一直说话,而因为他们的语言包罗万象,只要他们一直说着话,早晚会道出她想知道的一切。实际上,他们也处于自己建立的迷宫中,也必定会将迷宫所隐藏的秘密全盘招供。

她仔细听着,在某个枝叶晃动的音节中听到了她寻求的答案。然而,那是她从未听过甚至想过的事物,她需要一点时间去整理。现在,因为有了自己的语言,她得把她听到的转换成自己的语言才能完全理解。就像如果你不亲口唱出一首歌,就永远不会理解歌的含义。

她用她的语言一个字一个字地复述着杉林的答案:

我有枝叶　汝有血肉
食我枝叶　明日复抽
食汝血肉　白骨唯留
白骨累累　汝不复有

她疑惑地呆坐在树下。她知道那个怪家伙所言非虚。她需要血和肉才能填饱自己的肚子,但血和肉就是自己。难道只有吃下了自己,才不会感到饥饿吗?她将自己的疑惑告诉杉树。

他们思考了好一会儿,同时不由自主地想到百万年后他们自身的毁灭。

她再次翻译出他们的回答:

>一物自生　必食他物
>鸟啄虫蚁　蛇食鸟鼠
>山猫擒鸟　狼捕汝族
>一物自生　他物必图
>汝之血肉　他可入腹
>他之血肉　汝之佳脯

那么,我应该去吃谁的血肉呢——她继续问。这一次杉树思考的时间比刚才更久。虽然这空当足以供他们解释天地如何开始又如何湮灭,他们却出奇地沉默。只要风不停,自然不会是真正的沉默,但他们枝叶间的厮磨竟没再传达任何含义,就像一个人忽然失去了语言,只能发出婴儿般的咿咿呀呀。但终于,杉树艰难地说出了回答:

>林间逍遥　汝生为鹿
>死生长忘　青苔果腹
>身无皮毛　口出言语
>双角虽存　不复为汝

鹿之血肉　可啖可哺
如熊如罴　如狼如虎
血取汝父　肉取汝母
汝兄之筋　汝弟之骨
彼愿舍之　汝将何图

在杉树说完最后一个字时,风正好停了。她沉默地站在原地。他们不能再回答,而她不敢再问。风停了,他们都松了一口气。

接着她想起了父亲的样子。尽管她的身体与往日不复相同,关于父亲的记忆仍被完整地保留着。它粗壮的大角和已经有些发灰的皮毛,甚至是气味,都能被她记起,就像昨天仍与它在一起。哦,她的确是昨天才离开了它,独自去寻找杉林的秘密,从而遇到了那个怪家伙。如果她好好地待在它的身边,就不会变成如今的模样。父亲与她或许已形同陌路,但当她想起它,还是不由自主地想回到它身边。

怪家伙说过,她已非这林中之物。然而,只要她想去某个地方,她的记忆就会带着她穿过林中的幽暗到达那里。尽管两条腿不如四条腿走得快和稳,但她没有丝毫犹疑。她认为自己认识这里的每一条岔路(当然,其实没有哪一头鹿真正知道杉林的全貌)。在她有意识地寻找父亲之前,她发现自己正接近父亲最有可能出现的地方。那是一条小溪的岸边,溪上横着一节枯树,沿岸生着一些覆盆子。每日正午之后、日落之前,她的父亲都会来这里打盹儿。它太老了,无法像她和她的伙伴们一样相互追逐。

她柔软的脚掌从覆盆子的灌木间踩过,小心地避免带刺的枝叶。她看到父亲眯着眼睛卧在溪边,尾巴轻轻摆动。她的脚步开始变得迟疑。她该如何介绍她自己?该如何解释她的新样子?她的语言能否被它理解?尽管不在奔跑,她的心比运动时跳得更快。

像是知道她会来一样,老鹿在她走近时睁开了眼睛。看到她的一刹那间,它的神情不无惊恐,但随即转变为好奇,最后重归于她所熟悉的平静。它故意用尾巴扫过她的脚,那就像在用自己的方式说:哦,原来是你啊——就如偶遇了一个许久未见的朋友。她不需要做任何解释。

她蹲下身子,用光滑的身体贴着老鹿的皮毛。因为衰老,它的皮毛干燥如枯草,但从来没有一种触感能让她感到如此安全。她昨日获得的言语能力一下子变得冗余,因为只要闻到对方身上的气息,她就能触摸到父亲的心。她第一次意识到,语言不能让她表达更多,而是更少了。只有野兽与野兽之间气味的传递、角的碰触和眼神的交汇,才能完整且真实地传达彼此的存在。值得庆幸的是,她不但能领会父亲的意思,还可以把蕴藏在气味和肢体中的暗示转化成一种更清晰的语言。这就是野兽之语。

老鹿站起来,使劲地晃了晃厚实的皮毛,以摆脱残存的困乏。它用角撞了撞她的屁股,然后开始朝着溪水上游的方向走。该走了,跟上——它用野兽之语告诉她。于是她迈开双腿,跟在父亲的蹄后。沿途的景物渐渐让她猜到了此行的目的地。那是每头鹿都知晓，却从来不敢去的地方。她头顶上的枝叶越来越茂密，虽然刚刚太阳还在头顶，但不知什么时候已入深夜，抬头能看到密集的星星——说是星星，也不过是透过枝叶的零星之光。她已看不太清父亲皮毛上的花纹，跟着它，就像跟着一个灰色的影子。尽管她害怕前方越来越浓稠的夜色，但只要那个影子一直前进，她就不会停下脚步。

在周围快陷入完全的黑暗前，他们抵达了终点。她不知道他们已走了多久。忽然，她发现自己竟然被光包围着。她像是被浸入一条绿色的河流中，绿色的光粒就是从她身边缓慢流逝的河水。在河流之下，堆放着祖先们的骸骨。她没想到终点会是这个样子。那是千年以来祖先们的终点，也会是她父亲的终点，曾经也会是她的终点。

他们小心翼翼地迈过地上的骨头，但难免不小心踩到一两根散落的骨棒，好在对于鹿而言，本就不存在什么亵渎祖先的行为。他们终于来到了一处开阔的林地，这里只有一两具骸骨。她的父亲停住脚步，扭过粗壮的脖子望着她。就在这里吧。它的眼神忧郁而坚定。

"不。"她不小心用自己的语言说。

老鹿短促地叫了一声。她熟悉那种叫声，那不是语言，只是在表达一种情绪。在她刚刚断奶时，父亲曾带她找到一朵黑蘑菇。对于他们而言，黑蘑菇是最美味的食物，但黑蘑菇所散发的奇异气味使她望而却步。那时，不耐烦的父亲只好用角把她朝蘑菇的方向推了推，嘴里所发出的声音与此时一模一样。

不。她再次说，用野兽之语。

老鹿不再理会她，自顾自地走到了某个祖先的头骨旁。那具头骨长了一对比老鹿还粗壮的大角。这位祖先生前必是一头高大的雄鹿。父亲忽然开始摆头，一开始缓慢如舞蹈，到后来越来越快、幅度也越来越大。她知道它即将要做什么，迈开腿要阻止，但只跑了两步就被地上的一根腿骨绊倒。如果我有四条腿，一定不会这么轻易地倒下。她用野兽之语咒骂自己。

父亲继续用自己沉重的脑袋荡着秋千，看上去有点滑稽。当摆动的幅度已到达脖子扭转的极限，它用头的一侧撞向一根大角。承载着巨大的惯性，他的头颅像一颗即将撞击地面的陨石。它小心地对准了撞击的位置，使鹿角的顶端精确地撞在自己头骨最薄弱的一点。随着骸骨的大角应声而断，它的身躯摔倒在地。她跑得太慢了。

红色的液体从父亲的头部涌出，像花在她脚下缓缓绽放，碰触到了她的脚趾。

哦，这就是血。她想。

4

那是野猪皮曾到过的一片荒野。对于不熟悉草原的人，要辨别一个地方并不容易，因为到处都是差不多的野草与野花，以及缓缓起伏的平原和丘陵。即使一个人走上两三天，也会怀疑自己从未离开过起点。可在草原上生活的人，特别是那些游历各地的寻路人，能从看似单一的地貌中发现一些只属于这个地方的标记。那可能仅仅是一块石头，也可能是一条河流曲折的次数。自乌丹人爬上马背，他们就开始不停地探索他们所生活的土地，从遥远的东方到不归河畔，再从大流沙的边缘到阿纳斯人的山谷。他们生于荒野，因此必须了解荒野。

奇怪的是，野猪皮想不起来自己何时来过，也无法判断这究竟是哪。除了他自己，荒野上没有任何生命，连一只兔子或鸟都看不见。应该正好是黄昏，在他所站立的山坡往下看，远远地能看到一个聚落中的火光。温暖的风从那里携带着一阵歌声吹来。那歌声无比熟悉，但他听不懂歌中唱着什么——那不是乌丹人的语言。

他没有再思索身在何地，因为他确信自己知道。远处的火光吸引着他向前走，连同吹拂脸庞的风让他感到平静。当他即将抵达聚落，仍然没有半个人影。在聚落的木栅前，只有一头白色的大角鹿。白鹿侧着身子，似乎特意在那里等他。

他刚准备攀上鹿背，却发现白鹿已不在他的眼前。他张望了一下，发现白鹿又出现在一座毡房的门口，远远地打量他。他不知道为何要骑上那头鹿，只是没来由地相信只要骑上它，他的痛苦就会结束。（可他又有什么痛苦呢？）他朝鹿所在的毡房走去，进入了栅门，周围一个人都没有，却到处是燃烧着的火塘。火塘的样式与乌丹人所使用的并不一样，但他仍然想起了故乡。在他途经之处，地上凌乱地散落着武器，有剑、弓箭、斧头，还有一些他叫不出名字但一看就知道用途的兵刃。武器上粘着还未干透的血迹，与湿润的泥土混在一起散发着奇怪的气味。这里显然刚发生过一场惨烈的厮杀，却看不到一具尸体。

*我知道那些被杀死的人去了哪里。*他喃喃自语。

当他来到白鹿所在的毡房外，他已丝毫不记得自己走过来的目的，白鹿也不见了踪影。他忽然感到非常疲倦，只想好好地睡一觉，什么时候醒都可以——不再醒来也可以。于是，他撩开毡房厚厚的、野牛皮制成的门帘，走了进去。毡房内点着油灯，地上铺着温暖的地毯。他想躺下，但地毯上已坐着一个人。那个人背对他，穿着厚厚的熊衣。他认得出，那是熊赐时穿的衣服。还未等他开口，那个人转了过来。那是一张既陌生又熟悉的脸庞。那是他自己的脸庞。

穿着熊衣的他从怀里拿出猎刀，挑衅地看着另一个他。就像在熊赐上一样，他用刀刺向自己的心脏。可是当刀刺入时，他听得出那不是在做戏——利刃刺入血肉的声音,他再熟悉不过。接着,对方从胸腔中掏出了一颗心脏,不是用来当道具的牛心。它的形状像一颗正要盛开的花骨朵,右边的花瓣比左边的稍大一点,血管的切口处伴随跳动不断地涌出鲜血。那是人的心脏。那是他的心脏。心脏被捧到了他的眼前,好让他看得更真切一些。

够了,我知道。他说。

捧着心脏的他摇了摇头。

他不愿再看那丑陋的器官,于是闭上了眼睛。在黑暗中,从胸口传来一阵猛烈的疼痛,还有比疼痛更加真实的空虚感——就像他的心脏也被挖走了。再睁开眼睛时,他已经成了那个捧着自己心脏的人,而站在他面前的是自己的儿子。他的儿子把手覆盖在他的心脏上,他能感到儿子的手冰冷而僵硬。

不,还不到时候。他说。他在刺骨的寒冷中离开了梦境。

梦境之外,的确有一双手在轻轻按压他的胸口,似乎在尝试感知他的心跳。他徒劳地尝试回忆做梦前发生的事,身体不由自主地坐起来,剧烈地咳出了一摊水。有人在拍打他的背部,对他说着什么,但他的耳朵被水堵住了,听到的只是模糊不清的呓语。

他深吸了一口气。现在,他才真正地回到了他的世界。

"我们在哪?"他像一匹即将力竭的马喘着气。

"对岸。"

"我记得我们走到了河中央,然后发生了什么?"

"你晕倒了。"

"是你一个人拖着我过河的。"野猪皮仿佛在向自己确认一个事实。他不太知道如何向别人道谢,特别是对自己的儿子。他问:"我们在这儿多久了?"

"不知道,只知道天越来越黑,连月亮都被雾遮住了。"

"我们得继续走。这里的树还不足以挡住大寂静。"几片雪花落在他的脸上。

他努力地用手臂支撑着身体站起来。铁箭棱往火堆里添了添树枝,装作没看见他的窘困。他拿出带在身上的生鹿肉,割了一块扔给父亲,说:"生肉能帮助你恢复体力。"

尽管不情愿,野猪皮无法不接受儿子的建议。他用力地嚼着鹿肉,满口都是鹿血的腥气。在吞下去前,他得尽量嚼出肉中的汁水,只有这样才能快速地消化生肉。生肉能帮助你恢复体力——还不是他教给铁箭棱的。想到这一点,他感到舒服了些。

"刚才你在做梦吗?"铁箭棱说。

"你怎么知道?"

"你的眼睛一直在跳。夏木说过,一个人睡觉时只有眼睛是醒着的。"

野猪皮不记得夏木说过这样的话。

"我也做了一个梦,但那又不像梦。"铁箭棱说。

他们都知道,在雾地中做梦是一个危险的兆头,因为传说中的雾地是一个能让活人发疯的地方。乌丹人相信疯子都是无法从梦中醒来的人。如果刚才他们没从梦中醒来,或许已经变成了疯子。但他们没有将关于梦的话题继续下去。反正谁也不打算告诉对方自己梦见了什么。

"你的斧头呢？"铁箭棱忽然问。

"要它做什么？"

"这林子里不知有什么猛兽。"他伸出手，"给我。"

野猪皮从腰间抽出斧头，犹豫着是否要递给铁箭棱。那是一把危险的武器，不应该轻易交给一个技艺还不够纯熟的猎人，更不应该交给一个孩子。野猪皮想着，却不知不觉地松开了握着斧柄的手，下坠的斧头被铁箭棱一把抄住。看起来，他们的动作干净利落——就像一对默契的狩猎搭档。

野猪皮想对铁箭棱说：还给我，你还没准备好，但最终没有开口。从那一瞬间起，他已经变成了被保护者，而被保护者没有权利告诉保护者应该做什么。

铁箭棱拿到斧头后做的第一件事是用它砍了一根粗壮的树枝，用来作为野猪皮的拐杖。天快亮时，野猪皮已经勉强恢复了行走的力气，于是他们准备向森林深处进发。启程前，铁箭棱点燃了一片包裹着树脂的厚树皮。等明火慢慢熄灭，树皮内部开始出现火星，这块树皮就能成为一个可随身携带的火种。有了火种，接下来他便不用在寒风中一边打着火石，一边瑟瑟发抖。然而，无论尝试了多少次，刚点燃的树皮总是被风吹灭。他感到懊恼。他想成为寻路人，但一个寻路人不会连火种都不会保留，也不应该面对狼群时手足无措。

野猪皮从行囊中找出一朵干瘪的蘑菇。他将蘑菇从中间剥开，用火燎烤充满小孔的内瓤。当内瓤燃起微弱的火苗，他再将蘑菇合起来，用嘴对着根部的开口吹气。不一会，内瓤中的无数个小孔开始燃烧。

在一旁观看的铁箭棱知道，这样的火种永远不会被吹灭。自他学会走路，就开始从父亲那儿学习狩猎和生存技能，但从未见过他以这种方式制作火种。事实上，自他们走出乌丹人的领地以来，父亲在某些方面开始变得不像一个乌丹人。在陌生的土地上，他似乎不自觉地以另一种方式生存着，无论是那双奇形怪状的大鞋子、用来制作火种的蘑菇还是与野兽搏斗时流露出的杀意，对铁箭棱而言，无不陌生而又新奇。不过，既然父亲不主动解释，他当然不会开口询问。

他们所渡过的河是两个世界的边界：在河的东岸，草原和天空无边无际地延伸；而在西岸，头顶被树冠覆盖，四周被浓雾遮蔽，世界仿佛坍缩成了一个直径十步的小圈子。不过，大寂静的前奏同样波及西岸，而且越来越不可忽视。最初，雪只是零散地从茫茫的雾中飘落，像一串被谨慎透露的秘密；很快它们越来越密集，逐渐在树枝和他们的头上累积，仿佛秘密开始被公开。地面也变得湿滑起来，野猪皮迈出的每一步都小心翼翼。

他们警惕着周遭的变化。他们必须这样做，因为进入了陌生的森林就得学习这片森林的规则。树木的分布是否有规律？灌木中是否有供他们充饥的野果？泥土上是否有野兽的脚印？多一分了解，他们活下去的机会或许就多一分。

对于他们而言，这片土地又有着特殊的含义。一直以来，大部分乌丹人从未涉足不归之河以东，而敢于来此的寻路人都未能活着回到部落讲述他们的见闻。不过，当他们脚下的路变得越来越崎岖、身边长着针叶的树木越来越多，他们知道正逐渐接近《乌丹夏木》所描述的地方。无论是野猪皮还是铁箭棱，都还不能肯定地说灰耳朵的故乡真实存在。或许他们将一无所获，或许会如传说中的那样被永远禁锢在雾地中，但至少他们即将用自己的眼睛和耳朵去证实：那里是否生活着成群的大角鹿？那里的地上是否真的铺满了针叶，如羊羔毛制成的毛毡一般柔软？那里是否永远不被大寂静打扰？想到这些，能否活下去似乎显得不那么重要了。

地上开始积起薄薄的一层雪。野猪皮告诉儿子，此时草原上的积雪应该已经超过了膝盖；在林中，树枝的遮盖和树根的温度延缓了脚下的积雪。风越来越强，他们头顶的树冠被风推搡着，发出的声响遮蔽了林中其他的声音。不久之后，在狂风和积雪中，他们将寸步难行，最终冻馁至死。他们不能休息，除非身边长着高得看不到树尖的杉树——假设那样的地方真的存在——他们才或许得以存活。

但谁也无法保证他们最终能走出雾地。在他们的语言中，"雾地"不单单是一个地名，有时还被当作一个形容词来使用：例如，生下来只有三条腿的牛犊是"雾地的"，冬天过长或过短的一年也可以说是"雾地的"。似乎任何混乱或不合常理的事物都与这个词挂钩。没有几个乌丹人真正来过雾地，但每个人都知道这个地方所代表的含义。果然，在浓雾中，一切供他们辨别方位的东西——太阳、星辰、植物生长的方向——都变得不再可靠，自然仿佛故意改变已知的规则来迷惑他们，以至于很快他们已不能确定哪边是杉林所在的西方、哪边又是他们出发的东方。

一边走，铁箭棱一边想起了《乌丹夏木》中关于雾地的记述。他记得夏木如何一边点燃致幻的草药，一边对他和他的伙伴们说起这个地方。在烟雾的包围中，她曾绘声绘色地描述长着三个头的乌鸦以及流着鲜血的大树。等他年纪稍长，这些都被当作吓唬小孩的怪谈置之脑后，但对于雾地的恐惧在他的内心从未消失。除了生存着稀奇古怪的东西，夏木口中的雾地是一个让人逐渐丢失的迷宫。一旦进入这里，最初方向感会丢失，接着目的地丢失，然后前进的动力和过往的记忆也将丢失，最后连真实与虚幻之间的界限都会不复存在。那时，被雾地所困者将消散成雾，成为雾地的一部分——不能也不需要再走出去。

他无法理解夏木所说的"真实与虚幻的界限"在哪。正因为无法理解，恐惧才无法消解。现在，连父亲也无法确认他们所行进的方向，他怀疑他们在雾地中的丢失开始了，而且沿途发现的三具枯骨证实了关于此地的致命传闻。

从服饰以及猎刀的样式判断，这些人都是他们的同族先辈，多半就是那些出发寻找杉林却从未归来的寻路人。除了从他们的指骨上取下扳指——乌丹人以这种方式悼念倒毙荒野的寻路人——野猪皮还调查了他们的死因。研究了好一会儿已经发黑的骨头，他的结论却异常简短——他说："是饿死的。"铁箭棱知道,父亲不想助长恐惧,所以省略了一切可能招致想象的细节,但作为一个未来的寻路人,他对于细节不能视而不见。

三具骨骸都极为完整,以相似的姿态端坐于树下,没有死前与野兽搏斗或承受痛苦的迹象;他们的头骨微微上扬,以空洞的眼窝望向不透光的雾气,保持着断气前的等待。他们渡过不归之河已有三天、五天或更久的时间,用尽了所有物资,但还是不断地在似曾相识的景物之间徘徊。寻找方向之余,他们也许能打到一点猎物,但不足以补充他们在湿冷的空气中丧失的热量。铁箭棱猜想,在某一个时刻,这些坚毅且乐观的寻路人开始臣服于雾地——必定想起了幼时夏木的告诫——于是真实与虚幻的界限被跨越了。他们遇见了口吐诅咒的三头乌鸦,被树上流下的鲜血打湿了双脚,再无法判断这林中什么是真,什么是假。既然接受了雾地的引诱,他们不再做无谓的挣扎,索性坐在一棵树下,等待融入绵密的雾气之中。

离开了寻路人的遗骨之后,铁箭棱尝试摆脱对于死者的代入感。一开始,这并不难。这里毕竟是一片陌生的土地,生长着许多奇特的植物,足以令他分心;即使是暴风雪,在茂密的林间也呈现着与草原上不同的景致。偶尔会从某棵树上传来一声喑哑的鸣叫,但正如《乌丹夏木》中所描述的,他们一直未见到任何鸟的身影——仿佛在有鸟之前便有了鸟鸣。如果三头乌鸦会叫,声音该从哪一个头发出来呢?他忍不住去想,而幻想一旦重启,就会变本加厉,于是一阵风、一块看似人脸的树皮都变成了不祥的兆头。

还有一个迹象使铁箭棱心神难安。在他们途经的一截凸起的树根上残留着暗红色的印记。他知道那是血液干掉后的颜色。一开始他以为那不过是错觉——在雾地中，错觉并不罕见——但很快又在另一棵树上发现相似的痕迹。他不愿轻易相信鲜血能从树中流出，可既然进入了雾地，就不得不重新考虑这世上什么是可能的，什么是不可能的。他想象鲜红色的血液从树皮的缝隙中渗出，使古老的树木看起来像一个流着血泪的老人。不，他必须摆脱想象，因为想象会稀释那条将现实与虚幻分离的界线。他必须看清楚。

他停下脚步，扶着父亲坐下。

"我们不能休息太久。"野猪皮说，声音中饱含疲倦。

"看。"铁箭棱指了指树根上的血迹。

野猪皮看了看血迹，拨开树根旁的雪，又观察了一会才说："是某个腿上有伤的动物留下的。脚印不清晰，可能是鹿，也可能是马。"

父亲的解释打消了他的一部分恐惧。与此同时，他心中有一种莫名的失望——因为能一睹传说中的怪物总是值得期待的。但一种希望也由此生起：那血迹会不会是灰耳朵留下的？它大概伤了脚，正一瘸一拐地在前方走着。它能去哪儿呢？雾地不是一匹马该在的地方，虽然几千年前曾有另一个"灰耳朵"活着从这里走了出去。不管《乌丹夏木》中的那些怪物是否存在，当林中的猛兽嗅到血腥味，它们会像苍蝇一样找到它。它一定逃不掉，这里不是它该停留的地方。

另一方面，假设真如他所想，也许他们可以跟着血迹找到灰耳朵。自从他们经过雾地外的那座鹿石，他实际上已经放弃了找回它的希望。他面对马群时所作的抉择是一种自己也无法理解的执拗。他拖着父亲来到这里，只是为了躲避一个乌丹人永世都在躲避的灾害。但哪怕只有万分之一的可能性，他也希望能再见到它——不只是为了破除丢失第一匹马的诅咒。有了这个念头，至少他感觉自己不仅仅在逃跑，而是在寻回失去的伙伴。

"我们跟着血迹，或许能找到灰耳朵。"

是父亲抢先说出了他所想之事。他想起了昨天在雾地外的树林中，父亲替他射出的那一支箭。

5

三首之鸟，遗血之木，有目难见，有足难至。

——《乌丹夏木·雾地之章》

她仇恨自己的身体。自从有了它，她再不能如往日一般在林中自由奔跑，也不再能以苔衣和菌菇为食。羸弱的两条腿甚至不允许她站立着入睡。同时，她变得非常怕冷，因此休息时必须用树叶遮盖自己的身体；她的肠胃很差，因此只能饮用干净的水；还有，当她看到血和肉，她会忍不住去吃——即便来自她的父亲。

她发现脸上有些奇怪的水珠。这些水珠仍然不停地从她的眼角掉落。在她的心中既没有悲伤，也没有愤怒，但回响着一种莫名的感受。要在很久之后，她才会知道那是愧疚的滋味。

之后，她漫无目的地在林中行走，直到她的脚被石块和凸起的树根划得鲜血淋淋。很快，她没了力气，而且即将再次感到饥饿。自她离开祖先的墓场只过了半天的时间，舌尖上依然残留着血腥味。难道父亲的馈赠仅能帮她维持半天的饱腹感？然后呢？她应该去哪里寻找血和肉？自己曾经的兄弟吗？同伴吗？

不，我不会，就算饿死。她告诉自己。

可她并不想饿死。纵然那么憎恨自己的身体，她也不得不承认，是这个身体让她感知到很多新的事物。比如说，她的眼睛能分辨更多的颜色。以前对她而言，升起的太阳不过是一个庞大的光球，而现在，日出时她眺望东方，透过交错的树冠，看到的是一个微妙、复杂的天空。各种有着细微差别的颜色——红色、紫色和蓝色——都聚集在天际，每当她以为已悉数辨认，总能发现一种被遗漏的色彩。在这些色彩的中心是太阳，颜色与父亲的血一模一样。

的确，她的听觉远不如以前灵敏，不再随时听得清风吹草动。但另一方面，或许因为她能听到的声音减少了，每一个进入耳朵的声音都能在她的脑海中停留更久。而当她听到一串高低不同的声音连在一起，像是鸟鸣和流水，在她的内心会产生一种难以言喻的喜悦。那像是一种语言，所表达的含义却比杉树之间的谈话还要复杂万倍。

颜色和声音喂不饱她的肚子，但多少使她的新躯体不那么难以忍受。说到底，她不舍得像父亲一样。既不愿死去，又不愿食用族人的血肉，她该以何为生？林中除了她的族人，还有一些个头不大的动物，但她的食量巨大，那一丁点肉满足不了她。她不得不考虑，有一日她再次忍不住饥饿，正好有一头昔日的同族在自己的身旁，她该如何抉择。她知道，如果留在这里，那一天总归会到来。

在林中游荡时，一个想法在她心中诞生了。如果她朝着一个方向一直走，最终一定能走出这片杉林，到达她的祖先和同伴们从未去过的地方。那里可能只是一片长着不同树木的森林，能否找到充足的食物也不得而知，但至少她不用再担忧自己因忍耐不住饥饿而打同族的主意。这个想法更令她着迷的是，她将能见识杉林以外的世界。或许她会遇到新的烦恼，但总归会是新的，包括那里的日出。

是的，成为了新的自己，她就应该去新的世界生活。

然而，当她按照计划向一个方向一直走时，却发现事情没有那么简单。不知从何时开始，四周被雾气包围，粗壮的杉树在雾中只留下黑色的轮廓，连她的手掌也变成了枫叶形状的影子。相比一直以来她所生活的地方，这里的确可以被称为另一个世界。杉林中虽然晦暗，白天时总有一道道光束透过枝叶撒进来，使林中变得光影交错，甚至呈现出一种柔和的明亮；而在这里，雾稀释了所有的光，单调的灰白色均匀地覆盖了每一个角落，以至于她逐渐失去了对于空间和距离的判断力，仿佛在一朵没有边际的乌云中漫步。不仅草木的气味显得陌生，还有她从未见过的怪物若隐若现：一只长着三个头的乌鸦从天而降，停在她的头顶，口出她所不能理解的诅咒；一棵杉树招待她啜饮从树皮下涌出的鲜血。没有什么是清晰的，没有什么是能够被解释的。

她不得不怀疑自己所见的一切只是假象，特别是当在第六十四个岔路口发生过的怪事重现的时候。无论她笔直地走了多久，总会回到残留着自己气味的地方。渐渐地，方向也变得暧昧不清，她无法肯定自己从哪个方向来，以及哪边是自己要去的"前方"。值得怀疑的不限于雾中的一切。实际上，自她开始听懂杉林之语后的一系列变故都变得不再可信。怪家伙，那两颗被她吃掉的果子，还有她自身的变化，等等——说不定只是杉林为了戏弄她而编织的幻觉。那么，她的愿望呢？她是否真的想去往杉林之外？她到底希望找到什么？她是谁？她的名字是什么？她质疑着自己，脚步越来越缓慢，最终停了下来。

既然怎么走都会回到原处，不如待在这儿吧。她安慰自己。用不了多久，她就会被雾溶解，构成她身体的微尘将散入雾中，飘向任何一处她想去的地方。雾地说，那才是真正的自由。

如果影子没有出现，灰耳朵的故事将这样终结。在她的身体逐渐变冷时，影子从一棵树的背后一跃而出，像是在邀请她去追逐。影子离她很近，但除了鹿角的大致形状，她看不清任何供她辨认的细节。她尝试回忆她所认识的每一头鹿的鹿角，但还是猜不出对方是谁。她怀疑那是父亲，因为影子的一纵一跳对于她都异常熟悉。然而，她知道自己的猜想不过是一厢情愿。一头老鹿的体态不可能如此轻盈。她只不过想再见父亲一面。

必须再近一点。于是她追了上去。他们穿透一层又一层的雾障，毫不担忧在雾中越陷越深。有时影子会从她的面前消失,然后在她即将放弃时再次出现——似乎只是为了调动她的兴致。尽管现在只有两条腿,她再一次体会到了追逐的喜悦,心脏剧烈地敲击胸腔,身体即将腾飞或在空中解体。她离影子越来越近,几乎能看清它臀部的毛色,它却消失在雾中。雾也消失了。她回到了她所熟悉的明亮的杉林。

阳光透过树冠辉映在她的双角上。还好,她赢得了追逐——在影子消失前她看清了它的鹿角。那是她自己的双角。

6

从他们离开夏牧场算起，灰耳朵的行迹一直捉摸不定。它像祖先第一次进入雾地时遇见的影子，时而无影无踪，时而留下一两个蹄印以彰显自己的存在。铁箭棱所发现的血迹（如果真的是灰耳朵留下的）使他们第一次能够清楚地追踪它的行进路径。它可能在前方的某个地方，拖着一条受伤的腿奔逃、休息或躲避捕猎者。没人能说得清一匹马为何会独自跑那么远，也没人能判断它的伤势如何。或许这些问题只有在找到它后才会有答案。铁箭棱一方面担忧它的腿伤，另一方面又希望腿伤能延缓它的脚步。

从头顶掉落的针叶越来越多，铁箭棱猜想他们已接近祖先曾居住的杉林。这多亏了灰耳朵无意中的引导。从他们能找到的血迹来看，它一直在朝同一个方向走，没有过半分迷路的迹象。它似乎笃定地知道自己将要去哪和怎么去。

如果《乌丹夏木》的传说属实，作为灰耳朵的子孙，他们可能会是第一批到达杉林的活人。所有已过世的乌丹人都会在那儿化身为大角鹿，永享杉林的宁静。在林中偶遇的一头鹿说不定曾是某一位伟大的祖先；或许他们会来到第六十四个路口，在黄昏时见到倒挂在树上的怪家伙。不过还有一种可能：穿过雾地之后，只是一片普通的树林。在那里，树既不会交谈，也不庇护逝去的故人。但就像野猪皮所说的，他们至少能在林中挨过一个冬天，直到春天的雷声响起，雪开始融化，再下山寻找从冬牧场返回的族人。然而，这意味着《乌丹夏木》的虚妄——意味着杉林并不是乌丹人死后的魂归之处。

尽管他们全力赶路，大寂静也已经将要与他们并肩而行。风夹着如拳头般的雪穿过了树的防线，吹得他们睁不开眼睛。林中的雾气不仅没被风吹散，反而和雪调和成了一种更厚重的介质，阻挡着他们的视线。行走时他们必须时刻留意对方是否在身边，若一个人稍稍走远，另一个人很可能再也找不到他的去向。很快，林中的积雪超过了他们的膝盖，不许野猪皮拄着拐杖勉为其难地行走。他必须被儿子背负，成为他所惧怕成为的包袱。铁箭棱终于明白了那两双大鞋子的真正用途。穿着它们行走，他就像踩着两条船在雪地上滑行，即便背上有一个人，腿也不会深陷雪中。以前他从未见过部落中有人穿过类似的鞋子，要是族人们向南迁徙时能穿上大鞋子，想必能够走得更快一些。他又一次压抑了询问的冲动——既然父亲不主动吐露，它们的来历必定又属于他不愿提及的往事。

野猪皮的伤势不容乐观。除了被马压断的右腿，肩膀和右手的伤口也导致他大量失血。最令人担忧的是，他开始发烧——这是伤口感染的迹象。他努力地维持着一个乌丹人的坚韧，不发出半声呻吟，还不时地提醒铁箭棱不要偏移方向。但铁箭棱知道那只是假象。没有人比一个叛逆的儿子更懂得观察父亲的举动。从父亲呼吸间短暂的停顿、灼热的体温,乃至心跳的节奏,他都知道父亲在用仅存的气力维持着意识。他不知道他还能忍耐多久,但大概不会太久了,说不定在下一个瞬间他就会睡去,再不会醒来。他意识到,即使大寂静的脚步紧跟身后,他们也必须停下片刻,否则在找到灰耳朵前,他会先失去父亲。

呼啸声正逐渐减弱,但野猪皮知道,那并不意味着风雪本身减弱了。反之,它的声音越小,力量就越大;绝对的安静来临时,便是大寂静主宰天地之时。向冬牧场迁徙的族人应该离他们的中转站不远了。到达温暖而避风的三河交汇之处,他们就可以重新支起毡房,然后开挖作为火塘的土坑;用不了多久,他们就能啜饮着热牛奶,庆幸或惋惜自己有多少牲畜存活。包括他在内的乌丹人就是如此在年复一年的灾难中幸存。然而,直到抵达三河交汇处之前,他们都不能掉以轻心,因为无论是人还是牲畜,体力都已是强弩之末。只要大寂静的脚步稍快一点,就会把他们埋葬在路上。

野猪皮想起了很久以前的一次经历。但他的头脑昏沉,不能厘清详细的时间和地点。他只记得他和另外一个人在雪地中急行,受了伤的自己还是被人背负着。他还记得,他不信任自己的同伴,不过他别无选择。背后是追杀他们的敌人,前方是另一片陌生的森林。

"你比怀孕的母马还重。"一个声音在他的耳边说。是乌丹人的语言,但说话的不是他的族人。

"怀孕的母马还能自己跑。"那声音持续着,"我却得像马一样驮着你。"

他听到自己说了些什么,听起来却像是一串没有含义的声音。

"你的命不是你自己的。发撒还需要你。"那个陌生的声音无比清晰。他甚至能辨识出音节与音节之间的停顿。但他想不起来"发撒"是谁,也不知道"发撒"为何需要他。

从他口中又发出一串混乱的杂音。

"你以为死会是解脱?"声音变成了大笑,混合着奔跑时发出的喘息,"你不会以为你还能骑上白鹿吧?"

他听不到自己回答。沉默延续了好一会儿——是耳朵被堵住了吗?随即他感到一阵剧烈的疼痛从后背传来。

"你被箭射中了。"声音说,"我得先去解决追来的人。"

他感到自己被放下来,脸贴着雪地,柔软而冰冷的触感带他回到一段更早的记忆中。那时他用耳朵贴在冰冻的湖面上,聆听着鲑鱼在冰下游动。那时,他还年少,还未骑回自己的第一匹马。

是那个声音将他唤了回来。

"记住,直到身体开始腐烂之前,一个发撒都要想着怎么活下去。"

他终于能看到一些画面。在他眼前,一个模糊的影子手持战斧,咆哮着冲向一群更模糊的影子。更多的声音传入他的耳朵,有嘶吼声,有金属碰撞声,还有陌生的语言。

最后的最后,当四周传来号角声,他听到自己用微弱的声音说:"愿灰耳朵带领你走出黑暗。"

7

向东千树，向西千树，

向南千树，向北千树。

——《乌丹夏木·枯木之章》

她记得怪家伙说过，她已不是这林中之物，因此不会再被杉林的伎俩所困。她理应可以轻易地走出去。一定是怪家伙隐瞒了什么。想到这，她愤愤不已，恨不得抓起一块石头——这是她学到的新技能之一——砸烂怪家伙的脑袋。即使杀死它，她也不会去吃它的血肉。它的身上有腐烂的气味。

平复了心情后，她发现唯一能做的仍然是询问林中最渊博的智者——当然也就是杉林本身。此刻是正午，没有一丝风吹进来，所以她只能等待。她靠在一棵树下，蜷起双脚，仔细地拔出追逐影子时刺入脚掌的木刺。木刺一点点地脱离皮肉，她感到了一丝轻微却深入神经的疼痛，脚不由向后缩了缩。她仍然无法相信这一对奇形怪状的肉掌是自身的一部分。先不谈美丑，它们柔弱不堪，又难以维持身体的平衡，实在是最无用的部位。她怀念用鹿蹄在河边的岩石上跳跃的时光。

就在此时，她头顶的杉树开始缓慢地摇摆他们的枝叶。交谈开始了。

那天杉树发出的声音格外轻柔，仿佛怕触动有关她父亲的记忆。他们无所不在，自然知道发生过什么。

可她不打算找谁倾诉。没有谁杀死了她的父亲，也没有逼迫她吃下它的血肉。那是她和父亲共同的选择。现在，她只想知道如何穿过那片可怕的雾。

听了她的问题，杉树发出比之前更热烈的动静。他们交谈着、思索着、讨论着，谨慎或激昂地，关于是否告诉她答案，以及如何告诉她。在这一切发生的同时，答案已不由自主地从他们吱吱呀呀的交谈中透露。

他们说：

根上生枝　枝上生叶
根不离枝　枝不离叶
汝形虽易　汝心未解
欲知汝心　脱枝去叶

他们一边论证着放她离开后可能产生的后果，一边继续说下去：

向东千树　向西千树
向南千树　向北千树

有彼大君　觅于千树

大君我主　大君我仆

大君我子　大君我父

食彼之心　杉林可出

天不可穿　地不可覆

汝力难为　大君食汝

她问他们如何才能吃到大君的心。忽然狂风大作，杉林的回答中充满了愤怒。然而，他们一边拒绝回答，一边却又透露出答案。这听起来有些滑稽，但正是因为他们的语言有无数种可能性，所以只要他们知道答案——而他们无所不知——就不可能在他们的交谈中有所保留。她听到的是：

天有日月　火有影光

时有春秋　山有阴阳

其源虽一　其形则双

万物如是　我亦万物

自我之生　二神同住

大君雄健　他者如狐

大君无私　他者善妒

相生永异　相戕永苦

大君之没　他者之促

他者之亡　大君之故

欲食彼心　此外无途

听到这里，风即将平息，他们的交谈也即将告终。她不需要询问"他者"是谁。在杉林中，像狐狸一般狡诈，且善于妒忌的只有一个——一定是那个怪家伙。

尽管不想再见到怪家伙，她只能去找它。她的记性一向不错，林中的路只要走过一遍，就不会忘记。路上的每个分叉，遇见的每块石头，都能成为她的参照物。寻回怪家伙所在之处比她想象中的更容易。当她的脚还未因行走而酸痛，她又来到了第六十四个岔路口。

天黑下来，怪家伙如期出现。它倒挂着，看到站在树下的她，竟然不无欣喜。阴暗如它，在迎接意料之外的客人时竟也有了兴致。然而，这兴致只是一闪而过，它十分清楚她的来意。

它阴沉地对她说："跟着我。"然后抓着树枝，眨眼间荡到了另一棵树上。它在树与树之间飞一般地移动着，她必须全神贯注才不致丢失它忽左忽右的身影。如果跟丢了，它绝不会回头等她。

他们来到一棵巨大的枯树桩前。虽然早已枯死，但树桩比她见过的任何一棵完整的杉树都远为粗壮，仅仅是树桩内部就容得下九棵杉树并排生长。树干早已拦腰截断，但灰耳朵仍得仰望才能勉强看到当年的断裂之处。那里狰狞如礁石，仿佛记录着它倒下时的壮烈。被绿叶繁茂的后辈包围着，它像一座风蚀的火山，渐渐崩塌却仍维持着往日的威严。

怪家伙跳到树桩的最高处，居高临下地对她说：

"能杀死大君的东西就在这里。"

"在哪？除了这棵死树，我什么也没看到。"

"这棵死树可是杉林昔日的王者。"怪家伙的语气中竟然不无惋惜。

"可他已经死了。我只想要能杀死大君的东西。"

"'我想要这个,我想要那个'——你比我还贪心。"他恢复了初次与她相遇时的笑脸,"可以,不过你要拿一件东西来交换。"

"我?我什么都没有,能给你什么?"

"你的双角。我要它做我的王冠。"这样说着,他矮小的身体一下变得伟岸了起来。

她考虑了一下。虽然不明白何谓"王冠",但头上这对沉甸甸的大角对于现在的她再无用处,反而压得她腰酸背痛——索性给了它,自己也会不吃亏。于是她点了点头,准备用手掰断自己的一支角。

怪家伙却打断了她,说:"四足之兽,你会需要你的角来打败大君。在得到大君的心后再给我不迟。"

它需要她立下一个誓言。大概在人与人之间开始立约之时,人们就知晓誓言比黎明的露水更不长久,而语言比黏土更容易被随意捏塑。有多少誓言被立下,就有多少约定被打破。不过在《乌丹夏木》中,誓言依然是誓言,一个誓守的约定必定是一个可信的约定。因此,即使是多疑的怪家伙也相信,只要灰耳朵立下誓言,在杀死大君后,她就会如约把自己的角送给它。

在她同意发誓后,怪家伙用杉林之语念诵了誓词:

以我之角　易彼之器

器竟其用　携角授彼

此誓若违　此天若欺

我生四足　复归此地

灰耳朵按照它的要求重复了三遍后，怪家伙终于满意地点点头，一下跳进了树王的遗骸之内。他在里面搜寻、摸索着，良久之后才扔出了两件东西。它们一长一短，长的像一根笔直而尖利的树枝，而短的像一片锋利的石头。怪家伙告诉她，那根树枝叫"矛"，那片石头叫"刀"。

她尚不知道如何使用矛和刀，但当她合拢手掌握住它们时，她立刻明白了自己的指头因何而生。恰恰是最柔软的手指才能抓住最坚硬的武器。它们就是她的利爪和獠牙——比任何猛兽的都更锐利，也更致命。

那么，现在她要去找她的猎物。

8

铁箭棱也听到风中夹杂着一阵奇特的呜咽声。那有点像夏木在葬礼时吹奏的鹿笛。

鹿笛必须用大角鹿的胫骨制作。要获得合适的材料，只能前往大角鹿的栖息地寻找它们的遗骸。对于乌丹人而言，寻获符合夏木要求的胫骨并不容易；用来制作鹿笛的骨头既不能有裂痕，又不能被虫蚁蛀蚀，受她委托的猎人们往往空手而归。据夏木所说，吹奏鹿笛是为了模仿灰耳朵族人的鸣叫，好引导灵魂回到祖先的故乡。因此，当越来越接近杉林，听到有人吹奏鹿笛时，连铁箭棱也不得不怀疑他们听到了祖先的召唤。

他拍了拍野猪皮的肩膀。过了好一会儿，野猪皮才回过神来。他并未睡着，但神色恍若刚脱离梦境。此时，风声和踩雪声才与铁箭棱的说话声拼接成现实。

"你听到了吗？"铁箭棱说。

野猪皮听了一会，点点头。

"是鹿笛？"

父亲不说话。

"来自哪儿？"

"那边——应该是北方,但不知道多远。"

"我们去看看。"铁箭棱没等父亲答复就向北方走去。他知道父亲一定不会同意。在森林中,未知的声响意味着未知的危险。何况,如果偏离了现在的方向,很难保证他们能回到原地,再循着血迹所指的方向行进——那是唯一能引导他们的线索。铁箭棱计划在沿途的树木上用猎刀做好记号,这样即使归来时脚印已被新雪填平,他们也不会迷失。虽然他还不是一个称职的寻路人,但关于如何在森林中辨识方向,他自认还略知一二。不必请教父亲,因为父亲必定不会有更好的方法。

向北的树更密集,路也更难走。他们谁也不知道在尽头会遇见什么。是静候的祖先,还是一头从未见过的猛兽?恐惧和好奇同时左右着铁箭棱的脚步,而正因为好奇比恐惧更难以抗拒,他的脚步才未停止。

只有脚步能带来答案。每走五步,他都会在一棵树的树皮上刻上显眼的十字。当他标记到第二棵树时,背后的父亲叫住了他。

"转过头,看看你做的记号。"

铁箭棱尝试寻找自己不久前刻下的十字,却发现在雾和雪的遮蔽中,所有的树只剩下模糊的轮廓,再深邃的刻痕也变得不可见。如果不是他刚刚经过,他根本无法确定哪一棵树上刻有印记。

接着,父亲从行囊中取出一块毛团似的东西——在出发前他曾见过——并吩咐他找一处流着树脂的树洞,再用火种将毛团在树洞中点燃。很快从被点燃的毛团上散发出气味强烈而奇异的浓烟。铁箭棱说不清那气味是芳香还是刺鼻，但无疑在任何环境中都能轻易识别。

"这是什么？"他问父亲。

"林地的库伽人称它为'木息'，是从一种叫麝的动物身上取下来的东西。他们常在营地中点燃它，作为召唤林中猎人的信号。"

野猪皮如此详尽的解释，让铁箭棱感到意外。父亲极少耐心地向他解释部落中的任何一样事物，更不用说谈论乌丹人部落之外的人和事。这个叫"木息"的东西，还有脚上穿的大鞋子，应该都来自父亲年轻时的游历。他曾是一个寻路人吗？问题再次止于心中。他也不知道他在害怕什么——或许父亲说得对，自己还没准备好了解一切。

鹿笛的呜咽声一直时近时远地在林中回响。他们继续朝声音传来的方向前行，木息的味道逐渐减弱，但在风雪中依然清晰可辨。归来时，只要他们时常停下脚步，留意气味最强烈的方向，就能回到他们放置木息的地点。但他们必须尽快赶回，那块木息不会永远燃烧下去。

终于，那呜咽声几乎就在他们耳边。他的好奇心即将获得回报。当铁箭棱穿过最后一层雾，看到的是一面山壁。直到那一刻，谁都不曾想到雾地中还有一座山。不过，他们对此并不感到特别意外——他们早已熟谙，欺骗才是雾地的常性。

鹿笛声来自山壁下的一个山洞。铁箭棱的猜测并不算全错，因为当风吹过洞口时，的确就像有人在吹奏鹿笛的音孔。只是他不敢相信,那近乎音乐的声音来自石壁和气流的偶然摩擦。刚才,他甚至确信自己从悠扬的呜咽声中听到了牧歌的旋律。

无论如何,眼前的洞穴是一处暂避风雪的好地方。洞内没有积雪,说明洞内并不寒冷,而且风不会从洞口灌入。他听部落中的老人说过,有的山洞连通着地底的地火,因此即使在冬季也温暖如春。这里或许就是一个连通地火的洞穴。既然他们已来到《乌丹夏木》中的起源之地,还有什么不可能遇见呢?如果继续走下去,就算他们能进入传说中的杉林,父亲的体力也已经支撑不了多久。父亲最需要的是一座烧得旺盛的火塘和一锅肉汤。他自然无法在这里挖出像样的火塘,甚至也没有烹制肉汤的铜锅;一个燃着火堆的洞穴虽然远不足够,但除此之外,他给不了父亲更多。

于是他对野猪皮说:"我们在这里休息一晚吧。"

"这里太温暖了。"

"温暖有什么不好?"

"没什么不好。"野猪皮停了停。

铁箭棱注意到他咬紧了牙关,像是在忍耐疼痛。

"是太好了。我们会来,其他的野兽也会来。"

"那最好不过。我会生好火,等待猎物送上门来。"

"在这儿我们才是猎物。"野猪皮的语气变得严厉起来。

还好,铁箭棱已学会了不去争辩——反正,现在能作决定的不再是父亲。他直接走到洞口,开始向洞内叫嚷。这是乌丹人确认洞穴内是否有猛兽的方式。过了一会儿,他见洞内没有动静，便对野猪皮说："你看。"

野猪皮直视着他，折下了一根树枝，然后对他说："树枝烧完后我们就走，一刻都不多停留。"

洞内的空间比他们想象的更加宽敞。洞口的大小勉强够他们弯腰挤进去，但一旦入内，他们便能伸展开身体。从外射入的光只照亮了靠近入口的区域，更深处则保持着温暖和黑暗。即使洞中一无所有，在他们入洞的瞬间，也仿佛回到了家中的火塘。暴风雪被挡在了洞外，他们的耳朵终于可以放松了。

铁箭棱抖掉了衣服上的雪，在洞口捡了一些松针，掏出火种蘑菇准备生火。野猪皮神色凝重地示意他停下，望着更深的黑暗之处。那神情意味着洞内不止他们二人。

这时，铁箭棱才嗅到一股奇异的骚臭味。那是野兽的体味。

铁箭棱走向洞穴内部，后背的筋肉紧绷着，每一步都放得更轻、更慢。当他的背影几乎被黑暗吞没时，他停住了脚步。

他看到一双绿色的眼睛与他对视。那双眼睛中没有恐惧，不时地朝他眨眼，让他想起几天前父亲杀死的那头雄鹿。然而，他不敢大意，随时准备挥出一斧，砍向眼睛上方的脑袋。

"是头小熊崽。"铁箭棱在黑暗中开口。他听到父亲舒了一口气。

凭借火种的微光，他看到这是一头比小狗大不了多少的熊。如果不是它没有尾巴，说不定他会误认为眼前的是一匹幼狼。狼和熊本来就很像，在乌丹人的语言中，狼这个词实际上就是"瘦熊"的意思。

小熊眼巴巴地望着他们，既恐惧他们会伤害自己，又期盼他们带来食物。眼前的他们能像熊一样站立，但绝不是同类。可是它已经等待得太久了——自母亲离洞捕猎后就再没吃过任何东西。

我们得趁母熊回来之前赶快离开——这是铁箭棱以为野猪皮会说的话。他不是说过吗？任何一个猎人都不应该招惹保护幼崽的母熊。可是野猪皮表现得并不急迫，那神情就像他在马厩中寻找蹄印时的模样。他蹲下身体，摆弄了一下地上的碎骨。那应该是被小熊吃剩的猎物残渣。他对铁箭棱说："看样子它最后一次进食是三天前。"

"母熊呢？"

"不知道。也许病倒在野外，也许失足滑下了山崖。在森林中活下去不容易，对于一头熊来说也一样。"

"我们待在这儿安全吗？"

"在大寂静来临前，母熊一定会赶回洞中，带回足够的食物喂饱自己和熊崽。之后，熊会睡过整个大寂静，直到春天的雷响起才会被唤醒。但从这里的迹象看，母熊已经三天没回来了。它多半是出了意外。"

铁箭棱点点头，在心中着实松了口气。他不想因自作主张而再次让父亲陷入险境。是他说过要保护父亲的。

洞的深处比洞口还要温暖。他们清理了一下地上的残渣，坐了下来。两个人和一头熊的眼神在黑暗中交汇着。铁箭棱取出剩下的鹿肉，递给野猪皮。野猪皮摆了摆手，说："我不能吃太多，不然会像熊一样一睡不起。"

小熊闻到了肉味，开始有些躁动不安。

"你应该睡一会儿。我会留意洞口，万一母熊回来……"

"不，我还有件事没做。"

"什么事？你不用再帮我找灰耳朵。"

"我还要告诉你一个故事。"铁箭棱仿佛看见父亲在黑暗中笑了笑。

"关于你的故事。"

一时间他们谁都不再说话。连小熊也屏住了呼吸。

终于，野猪皮再次开口："你不是要生火吗？快点去吧。"

铁箭棱站了起来，向洞口走去。

在儿子回来之前，他真的需要吃点东西，再眯一会儿——顺便给自己时间思考该从何讲起。自从铁箭棱学会了说话，他就开始思考这个问题。现在，留给他的时间不多了。希望铁箭棱赶快生起属于这个洞穴的火塘。所有的故事都应该在火塘边被讲述，即便他要讲的故事不那么令人高兴。

第四章 洞中

1

自头顶开始飘落雪花,他便已知道:大寂静离他不远了。

对于在荒野中挣扎存活的生命,那意味着寒冷、饥馑和死亡的开始。可是对此他并不感到惊慌,因为惊慌不仅不能助他存活,还会徒劳地消耗气力。他只有继续向森林深处走,同时保持耐心,虽然他已经不间断地走了很久,而且不知道目的地究竟在何处。

随着时间流逝,雪越下越大,但风的呼啸声未能掩盖其他声响——树枝断裂、积雪掉落、鸟和松鼠逃离的动静占领了他的耳朵。这些混乱预示着灾难的降临,但似乎又还算不上生死攸关。在逃离前,一只松鼠仍不紧不慢地挖出了前天埋在树下的坚果。尽管他早意识到这里不同于草原,但从没指望这些参天大树可以挡住可怖的暴风雪。在他曾经生活的马群中,连最强壮的公马都会被大寂静的风雪吹倒,然后在起身前就被冻僵。

他的困惑很快就被搁到了一边,因为他发现了另一个值得关注的迹象:在一处树木较稀疏的空地上,雪中有几个蹄印。他不确定那是什么动物留下的,既不是自己的同类,又不是野牛或野鹿。他低头嗅了嗅，除了雪的气味什么也嗅不到。蹄印杂乱地散布在雪地上，有些已经被新雪覆盖，只残留浅浅的印记，而另一些则像是刚被踩出来的，凌乱地朝着某个方向延伸。他不确定脚印能否将他引向目的地——甚至不确定是否有一个目的地——但就像他一路上所做的，他继续走，只为了看一看前方到底有什么。

环境越来越陌生，他的脚步反而变得更加笃定。没有一根针叶或一块石头是他所熟知的，树干的背后还隐藏着窥视的眼睛，但这些没有给他增添丝毫的忧虑，反而像是到了一个他注定要来的地方。即使和同类在一起时，他也从未有过近似的归属感。如果他是一个乌丹人，肯定会说：这像是回到了家中的火塘。

在一个三岔路口，他短暂地停下脚步。路口的正前方被倒塌的巨木挡住了去路，左右各有一条被鹿或其他什么动物踩出的平整野径。树冠和密集的雪花遮蔽了太阳，但他知道离黑夜还有一段时间，于是顺着左边的岔路继续走。左边或右边对他没有分别，无论哪一边都长满了一模一样的树木，而且看上去都不像死路。

不过走着走着，看到沿途似曾相识的景象，他开始怀疑自己在原地兜圈子。但疑虑很快被打消，因为至少有一点是明确的：他在笔直地朝着一个方向走，而一条笔直的路径不可能带他回到已经走过的地方。

当他第二次来到三岔路口时，阻挡在正前方的巨木终于证实了他刚才的疑虑。他兜了一个笔直的圈子。一路上，在他的前方永远有一行浅浅的蹄印，他始终以为是一头陌生的野兽留下的，而现在他知道那是自己的蹄印。没人能理解一直向前走为何会看到自己的脚印——作为一匹马的他当然也不能。但马不会去思考一个现象是否符合常理，所以他只能低下头吃了些还未被雪完全掩埋的灌木，然后转向岔路的右边。跟随着模糊却永不消失的脚印，他又走了很久。这条路不出意外地又带他回到了三岔路口。天仍然没有暗下来的迹象。

终于，他在三岔路口的中间停了下来。从人类的聚落出走以来，他不停地奔跑或行走，却从未像此刻一般感到疲倦。路途的远近对他而言并无意义，他只是朝着前路行进——可如果连"前路"都不存在了呢？如果无论他如何努力地前进，最终都只是追赶自己的脚步呢？

当然，他无法回答甚至提出如此复杂的问题，但他能察觉到自己的失落。或许世界只是另一座人类建造的马厩，无论是从东走到西，还是从西走到东，都只是在围墙内打转。

不知不觉中他陷入假寐。他能感到雪在背上积得越来越厚，却没感到冷。那更像是有人在他的背上铺了一条逐渐变厚的毛毡。在他身体中的某个地方，有一个声音对他说：你的时候到了，就这样睡去吧。但这个声音很快被他压制住。他从人类的火塘边跑到一个陌生的森林里，不只为了等待被雪埋葬。对于某种东西他仍然感到不满足，或许是自由的味道，或许是其他。

在他即将不能承受背上的"毛毡"时，他睁开了眼睛，用力把身上的积雪抖得一干二净。太阳已经落下，雪在黑暗中如灯火般明亮。遵循另一套规则的世界降临了。

2

铁箭棱,你得把火烧得再旺一些,我们会在这里坐上很久,直到我的故事讲完,或那头母熊意外归来。

我要讲述的故事是你一直想知道的。在开始讲述之前,你应该知道:我并不想刻意对你隐瞒。一直以来,我无法对任何人完整地讲出这个故事。所以当你询问时,我只能告诉你:你还没准备好。但我清楚,没有准备好的是我自己。自你戴着祖先的大角在火塘边与我搏斗开始,你就已准备好了。

而现在,我们不知道母熊是否会归来,更不知道最终能否走出雾地。无论如何,在最坏的情况到来之前,我必须尽我所能把我的故事——你的故事——讲给你听。

在我接受了熊赐后的第三年,我已经成为部落中最好的猎人。这要托我的第一匹马"火尾巴"赐予我的幸运。我向你说起过它吧?对,就是那匹长着红色尾巴的马。跑起来时,它的尾巴像一团火。在我十五岁那年,我骑着它回到了我父亲的身边。当时的夏木告诉我,骑上火尾巴的人将成为一个好猎人,像野火一样驱赶草原上的猎物。她的话果然应验了,在之后的三年中，我骑着它猎到过十匹狼、三十头鹿和两头熊，收获了所有人的赞赏。连一位曾被我嫁祸偷弓的朋友，也因为我的名声而与我恢复了友情。

那一年的夏日，我骑着火尾巴外出狩猎。夏天正是天气最好、猎物最多的时候，空气中有一股甜味，猎物们像喝了蜜酒一样，面对你射过来的箭都不愿躲开。部落里的老人说，在那样的日子里，你骑着马从东边跑到西边，蒙住眼睛都能踩死一只兔子。

本来只要半天，我就能猎到足够享用三天的猎物。但奇怪的是，我从太阳升起时出发，直到西方天空的颜色变得像火塘的余烬，都没看到一头大一点的猎物。除了野兔和鼹鼠，只有几只水鸟在水洼旁饮水。几日前，还曾有一群黄羊徘徊在那一带，但似乎一下子都迁徙到了别处——而黄羊迁徙的季节还未到来。

成群的猎物忽然消失，原因只能有一个，那就是有其他猎人刚来过。

果然，很快我找到了骑手留下的痕迹。虽然被刻意掩盖过，但人永远没有狐狸擅长隐藏足迹，而最狡诈的狐狸也难逃我的眼睛。马蹄印被仔细地抹平了，连被踩弯的草都被修整过，然而当我用鼻子靠近那些草，我能闻到一股淡淡的血腥味。于是我轻轻挖开最上层的泥土——你猜我看到了什么？

我找到的是一颗又一颗的头颅，有黄羊的，有鹿的，甚至有狼的。在那一小块地方，我挖到了二十多颗各种野兽的头颅。从血迹的颜色来看，它们被砍下应该还不到一日的时间。

你诧异的模样与我当时一模一样。是谁会这样做呢？我敢肯定不是乌丹人，乌丹人怎么会把猎物的头颅丢弃呢？即便是你这样的孩子，也都知道应该享用馈赠的全部——不吃野兽的头，如同做客时不一口喝完主人奉上的蜜酒。

我继续循着血迹搜寻，直到我在草丛中找到了一件未曾见过的东西。我该怎么形容呢？那是一把铁制的夹子，有像熊牙一样的铁齿，被一根细细的木棍撑开，从木棍上传来蜂蜜的气味。我从没见过那样的东西，但作为猎人我立刻猜出了它的用途。使用者会把夹子张开，然后放入一些香气浓郁的植物或蜂蜜，这样野兽就会探头进去舔食。只要碰到那根木棍，铁齿会马上合拢夹住它的脖子。猎物不会马上死去，它会痛苦地挣扎，但挣扎只会在死前带来更多的痛苦。你记得夏木说过吗？喂养我们的是动物的血液，不是它们的痛苦。我立刻便知道，铁夹的使用者绝不是乌丹人。

我小心翼翼地拆掉了它，心中只想着一件事：我一定要找到铁夹的主人。至于找到他后应该怎么做——是质问，还是用弓箭和猎刀理论——我从未想过。现在想起来，我的决定与其说出于义愤，不如说出自好奇。在我比你大不了几岁的时候，和你一样每天想着去探索乌丹人未到过的草原，去看看我们未见过的部落和新奇之物，而追寻布下铁夹的人正好给了我一个机会。

既然找到了他们留下的东西，寻找他们就不是一件难事。我让随我出猎的狗闻了闻铁夹，再让它在周边慢慢嗅探。一开始时它有些困惑，因为那不像猎物的气味，但没过多久它就找到了那气味的去向，迟疑地带领我搜索。

我骑马跟着猎狗向东北方走，直到来到白石头河附近的鹿石。那时，白石头河还没有干涸，从清澈的水面能看到河床上的白色岩石。猎狗一直把我带到了河边。看到湍急的河水时，我有些失落，因为水通常能把气味隔绝，这样一来我就无法找到他们的行踪。果然我的狗不再朝着一个方向嗅，而是像鼻子失灵一样，左闻一下右闻一下。在我准备放弃时，它忽然朝上游方向狂奔。我用腿夹了夹马肚子，好跟上狗的脚步。很快我也真切地闻到了一种气味。那是脂肪滴入火时散发的焦香味。

在马背上，我能看到远处的草坡上有一群人围坐在一座篝火旁，看样子是在进食。他们也察觉到了我的马蹄声，纷纷看向我这边。他们都戴着尖尖的兜帽，遮住了脸，身上的衣服像阿纳斯商旅的装扮。其中一人向我招手，似乎想邀请我加入他们的聚会。因为已经接近了狼种人的领地，我必须十分小心，但还是决定一探究竟。年轻人总是不知不觉地被一些神秘而危险的东西所吸引——你恐怕比现在的我更能体会这一点。于是我用袖子藏着握住猎刀的手，骑向他们所在的草坡。

当我终于来到草坡之上，那个朝我招手的家伙起身迎接。他摘下尖尖的兜帽，似乎故意让我看清他的脸，以显示自己没有敌意。他脸上挂着的微笑让我感到莫名熟悉。

"猎好，知我言者。"他对我说。是的，他就是这样打招呼的——用我们的语言。

那时，我才意识到他是一个乌丹人。他的微笑就是一个乌丹人微笑时的样子。身处我们自己的部落时，你不会发现乌丹人的微笑有什么特别之处，但当你身处异域，周围是一群装扮奇怪的外族人，你才会发现那些"我们"独有的特征。我们的衣服、气味、表情都只属于我们自己。或许他可以学会我们的语言、模仿我们的装扮，但那种微笑让我没有了疑虑：他必定是我的同胞。

不由自主地，我握刀的手没那么紧了。我必须以乌丹人的方式回答他："猎好，言我言者。"

"您来到这么远的地方打猎吗？朋友。"

我点点头。

他的眼睛极迅速地瞥了瞥我的双手。显然他看到了我左手拿着的铁夹，甚至可能猜出了我右手藏着猎刀。然而，他似乎毫不介怀，张开手臂拥抱我，就像我们是曾在秋猎中共同追逐猎物的朋友。那样友善的举动让我必须立刻作出选择：我要么像一个乌丹人一样响应他的拥抱（这样我就必须偷偷把手中的猎刀插回腰带），要么趁他近身时用刀指着他（说到底，我并不信任他）。铁箭棱，如果是你，你会怎么做呢？

好了，好了，你的沉默一点也不奇怪。如果我不曾身处那样的处境，也不会知道我应该怎么做。现在告诉你吧——我的选择是：放下刀，像他抱住我一样抱住他。后来我知道，那或许不是正确的选择。可是我明白，作为一个乌丹人，我永远无法作出另一种选择。

他带领我来到他们的篝火边，用一种我没听过的语言对坐着的六个人说了几句话，不知是在介绍我，还是提醒他们警惕我。坐下后，我开始观察这六人。他们并未将兜帽取下，但我多少能窥视到他们的一部分脸孔。有两人的皮肤比羊乳还白，头发是金色的，看上去与平日所见的阿纳斯商人差不多。其他人则很难根据相貌判断他们来自哪里：他们的相貌与我们乌丹人相似，但头发的颜色又更浅一些。我暗中想，难道他们是狼种人？一直以来，没人说得清狼种人的相貌到底如何；有人说狼种人与我们长得一模一样，还有人说他们狼头人身。没有一种说法比其他说法更令人信服。不过，他们的神情都不似传说中的狼种人那般凶恶，而且不戴面具。据我猜测，他们大概是从东方来与我们部落贸易的商队。

那六个人向我点了点头，算是打过了招呼。之前迎接我的乌丹人从火塘边的烤架上割了一块肉，用手撕成两半，将稍大一点的那半递给了我——用我们与同伴分享食物的方式。一时间，我仿佛是与部落中的好友们坐在火塘旁，共同享用野兽的馈赠。甚至我开始怀疑之前的判断：他们根本不是设下铁夹的残忍猎人。或者，他们有什么我不知道的苦衷。

"乌丹人？"接受了他的肉后，我看着他的眼睛问他。虽然他在问候时说"知我言者"，而且挂着乌丹人独有的笑容，但目光中有一种东西总让我感到不安。

"我们都是灰耳朵的子孙。"

他是这样回答的。但其实他并未完全回答我的问题。据夏木说，越过东方草原，有好几个部落也自称是灰耳朵的子孙。但他们并不称自己为乌丹人，而且说着完全不同的语言。

"他们呢？"我继续问。

"他们？他们不是人。"他夸张地笑出了声，故意把唾沫喷到了旁边那个阿纳斯人的脸上。

阿纳斯人不以为意，用兜帽抹抹脸，然后摘下兜帽，露出了绿色的眼睛。那的确是我第一次从那么近的距离看一个阿纳斯人的眼睛。那是一种非常奇怪的感受，我既感到紧张，又忍不住盯着他绿色的瞳仁——它们像是一对好看的绿松石。铁箭棱，你听夏木讲过关于猫头鹰的传说吗？就像故事中的猎人，我与猫头鹰的眼睛对视后就再也不能把目光移开，直到自己最终变成了一只猛禽。

还好阿纳斯人终于把目光移开了，随即从衣服中掏出一支铜烟管，点燃后递给了我。

我摇摇头。他一边微笑一边盯着我，不把手缩回去。其他人——包括那个乌丹人——也以相同的方式对我笑，既像等待，又像嘲弄一个没抽过烟管的孩子。不知为什么，我一把夺过烟管，猛吸了一口——还好没有夏木的烟管所散发的那种呛人味道，反而还有些特别的香气。那味道真让人放松啊。我立即忘记了自己因何而来，也不再想他们是敌是友，而他们仿佛也放下了对我的戒心，自顾自地玩闹饮酒。

当忍不住抽了第二口之后，我安然地闭上眼睛。那感觉像是进入了梦境，但我的知觉又无比清晰。我来到了祖先居住过的杉树林，地上全是柔软的松针，而我全无烦恼地静卧在一棵树下。周围除了风吹动林梢的声音，渐渐什么都听不到了。

3

飞鸟散，星月出，万物失声。

——《乌丹夏木·春雷之章》

学会了自如地使用手指后，她做的第一件事便是把头上的长毛挽成一束，然后用在树王遗骸上生长的藤条绑紧。早在那些长毛被命名为头发之前，就给灰耳朵带来了不少烦恼。它们常常会缠上树枝，行走时扯得她脚步趔趄。有些时候，它们也会纷乱地遮盖她的整个面部，使她无法看清前方。在她紧张或愤怒时，它们则像千万根针刺入她的头皮，干扰着她的思维。当她终于收紧手指，将它们收束起来时，她才感到命运被自己掌握。

她还学会了用她的双手做很多事，比如将猎刀系在大腿上。首先她得用兔子的皮毛包裹猎刀，否则利刃会划伤她的皮肤。但要获取兔子的皮毛，她就得先学会如何利用手和猎刀将皮从兔子身上剥离。然而，没有一只兔子甘愿馈赠它的皮毛，因此她还得学会用长矛猎杀善于逃跑的兔子。她得模仿狼的样子从草丛中接近猎物，等离猎物足够近，再将紧握的长矛投出去。幸运时，长矛会贯穿兔子的身体，但大多数时候，兔子都得以逃脱。仅仅练习投掷长矛就花掉了她一天的时间。不过每学会做一件事，她都更加信任自己的身体。信任带来了认可。逐渐地，当她再看到自己状如树杈的手指，她不再觉得丑陋，因为那里的每一寸血和肉都属于她自己。她领悟到：美和丑是相对的——松鼠一定认为毛茸茸的大尾巴是美的，而鸟自然会去欣赏鲜艳的羽毛。

另外，学会猎兔子解决了一个更实际的问题。现在，当她感到饥饿，她可以从兔子的身上获取血和肉。虽然吃掉一整只兔子——包括它的肉、内脏，甚至是胃中的消化物——都不能满足她一次进食的食量，但她终于不用随时被饥饿感所左右。她想，靠着吃兔子和其他野兽的血肉，或许她能继续在杉林中生存，而不去伤害曾经的族人。这样一来，她就无须为了离开杉林而去面对大君，也不用为了誓言而掰断双角。但想来想去，她发现自己想要走出杉林的原因不仅仅是生存。她想离开此处，是因为她已经能够想象除了"此处"，还有一个"彼处"存在。

束起了头发、腿上绑着猎刀的她启程去寻找大君。根据杉树透露的信息，她要向东走，沿途经过一千棵树；再向西走，沿途经过一千棵树；再向南走，沿途经过一千棵树；再向北走，沿途经过一千棵树。在终点，她会杀死主宰杉林的王者，并吃掉它的心脏。

如果她仍是一头鹿，遵循杉林的指示会简单得多。而现在的她从思考中学会了怀疑，开始对杉林谜语一般的说话方式产生困惑。向东走，再向西走，再向南走，再向北走——最后不是会回到原点吗？她望着四周无穷无尽的杉树，似乎向哪一个方向走都不会有差别。曾经，只要她想去一个地方，她的四蹄就会带领她去那儿，不过那是很久以前的事了。

最终她还是决定暂且放下怀疑，只要她想走出杉林，这就是此刻唯一能做的尝试。或许最终她会把双脚磨得鲜血淋漓，在林中白白走了一圈后又回到原地。但那又如何呢？除了如何使用双手，人也必须学会在不安中盲信。她开始按照杉树所说的一边向东走，一边数着经过的树木。

在不可理喻的世界中，不可理喻的现象自有其合理性。一如她在第六十四个岔路口的遭遇，杉林有着奇异的时空规则。当她数到了东方的第一千棵树，转身面向西方，她见到的并不是来时走过的野径，而是一片完全陌生的景物。于是，她向西数了一千棵树，向南又数了一千棵；最后，当她数到了北方的最后一棵树，她发现那是一个她曾经到过的地方。

树王的残骸就是最后一棵树。

她感知到大君就在附近，却又不知道该去哪寻找。但她不必寻找。在野兽的世界中，当你想挑战一处领地的王者，你只须在它的领地内挺起胸膛，不断地吼叫，直到王者从睡梦中被唤醒，从舒适而隐蔽的洞穴里走出应战。在她的身体中仍然流淌着一半野兽的血液。她知道应该怎么做。

她使劲用长矛敲打着树王的遗骸，使杉林中回荡起亘古未有的巨响。树王的遗骸成了她的战鼓，而长矛就是她的鼓槌。

虽然没有风，但每一棵杉树都被她的战鼓声惊醒了，却没有一棵树敢抱怨她打破了杉林的寂静。连那些平常只闻其声的飞鸟，都仿佛在鼓声响起的瞬间获得了形体，一齐被惊起，遮天蔽日地四处逃散。

伴随着鼓声，她发出了第一声战吼："与我一战！"杉林的每一个角落都有针叶落下，所有的风都逃回了天上。然而，大君仍在祂的洞穴中安睡。那一声战吼只相当于一滴水从倒悬的钟乳上滴落。

矛柄变得像烙铁一般烫手，紧握的手掌却未放松半分。她吸足了一口气，然后发出第二声战吼："与我一战！"第二声比第一声响了一千倍。杉树流出了血色的眼泪，太阳也闭上了俯瞰世间的眼睛。黑夜在一瞬间降临，星星和月亮睡眼惺忪地闪耀着微光。然而，大君仍然在他的洞穴中安睡。那一声战吼只相当于一只鸟在他的洞穴中扑了扑翅膀。

随着长矛的击打，树王比钻石还坚硬的身体被擦出火星，终于一团小小的火苗开始在树皮上燃烧。她发出第三声战吼："与我一战！"第三声比第二声响三千倍。所有的声音都在刹那间消失，所有的颜色都变得暗淡无光。对于大君，那一声战吼只相当于远在天边的一声轻雷。

但这雷声足以将祂唤醒。

4

我在一个陌生的地方醒来。

我不知道自己睡了多久。醒来后,唯一而且立刻能确认的是我已离开了乌丹人的土地。因为气味。人的气味、食物的气味、土地的气味——我只能粗略地分辨,但没有一种气味是我所熟悉的。之后,通体的酸痛,以及身下泥土的湿冷,一齐向我袭来。

过了好一会儿,我的意识才有所恢复,终于能睁开眼睛。我看到银河就在头顶,慢慢地向我靠拢,又像是我在向那些星星上升。那当然只是一种错觉,却又无比震撼,让我从混沌中一下清醒过来。一定是出了什么问题,我知道。

我试图用手撑起身体,却发现手和脚都变得麻木,而手腕和脚腕上有深深的勒痕,看来我被人用绳子绑了一段时间。在我的不远处燃着一座即将熄灭的篝火,灰白的木炭泛着红光。这时,有人从背后推了我一把,使我坐起身来。那个人走到我的面前,往火堆里添了些木头,然后对着我坐下。在随火焰晃动的阴影中,我看不清他的五官,只知道他戴着尖顶的兜帽,手中拿着一把乌丹人样式的猎刀。

他开口说:"灰耳朵的子孙,欢迎来到狼群。"他说的仍然是我们的语言。

他递给我一条兔腿和一袋蜜酒。我三两口啃光了兔腿上的肉,把蜜酒喝得干干净净。虽然我知道他是敌非友,但只有吃下这些东西,我才有力气活下去。

"怎么样?未被念诵过'以汝之血'的肉一样好吃吧?"他问我。

我只能报以怒视。我仍然非常虚弱,没有把握制服他。

"我的客人,你还想要吃点什么吗?什么?不要?那最好,因为我也没办法给你太多食物。你知道吗?现在的情景让我想起了至善的灰耳朵与怪家伙的第二次相遇——在《乌丹夏木》中,那是我最喜欢的片段之一。有一句怎么说来着——皮毛失,言语得,过去之身汝耶?现在之身汝耶?"

这段话使我对他的身份感到更加好奇。知晓《乌丹夏木》的故事并不奇怪,但能随口背诵其中辞句的人肯定在我们的部落生活过。于是我再次问他:"你是乌丹人?"

"《乌丹夏木》已被我忘光了,只偶尔能想起一两句。不熟知《乌丹夏木》的人,还算乌丹人吗?"他若无其事地说,又往火堆里添了些树枝,"多谢你物归原主。"

他走过来,把什么东西扔在了我的脚下。即使不去看,我也知道那是他们捕兽用的铁夹。它不仅能夹住黄羊的脖子,还把我带到了他们的手中。

借着火光,我从他的手腕上看到了一个黑如木炭的图案。后来我才知道,那是用针沾了一种紫色草汁,一点一点刺进皮肤的；等草汁变黑，图案会永远留在皮肤上——也会留在心里。第一眼我就认出，那是一个狼头。而每个乌丹人都知道，狼头是狼种人的纹饰。

"乌丹人也好，乌丹人所惧怕的人也好，谁都不可能再是从前的自己。这不就是《乌丹夏木》教导我们的吗？"他继续说，语气像一个夏木。

"可灰耳朵的子孙不应该变成狼。"我直视着他回答。

他抽出猎刀，翻了翻火堆。"即使是灰耳朵，有时也不得不作出抉择。"离开前，他这样告诉我。

我们的对话结束后，他叫人把我关进他们的马厩。马厩的地上铺了干净的干草，他还给了我一张保暖的兽皮。不过，为了防止我夜间逃跑，他们把我的两只手绑在了柱子上，像我们用皮绳拴马那样。

我当然听说过关于狼种人的各种传说。那么，我将什么时候被吃掉呢？他们会先杀死我后再把肉剁下来吗？还是今天吃一条腿，明天吃一条胳膊？我第一次尝试去想作为猎物的感受。我们虽然不愿杀死猎物时让它痛苦，但死前的煎熬在所难免。那么，我们杀死野兽时为什么还要说血和肉是它给我们的馈赠呢？如果狼种人以我为食，是否也能说我的血肉是一种馈赠呢？

可没过多久，我开始意识到自己不是他们的食物，而关于狼种人食人的传说也并不真实。在我的观察中，那些人的生活与我们大同小异。他们也有马要喂、有羊群要领到草地上吃草、有母牛要挤奶。虽然很多杂事由我们这些被掳来的奴隶承担，但没有一个狼种人能逃避生活的辛劳。在大寂静来临前，他们一样需要躲避暴风雪、忍受饥饿和严寒以及清点损失的牛羊。当夜幕降临，他们会点燃篝火，虽然比我们的火塘简陋，但足以供他们一边取暖一边喝着劣质的蜜酒。只是没有夏木为坐在火边的人讲述祖先的事迹，也很少有人唱歌；大部分人只是空洞地凝望火焰，直到寒风将他们驱赶回自己的毡房。

除了我，在部落中还有七个被掳来的人。有三个阿纳斯人，还有几个可能是东方的呼兰人——他们的头发上都装饰着鹰的羽毛。在一起劳作时，我试着打听其他人的经历，但似乎没有人愿意提起往事。我看得出，他们沉默的原因至少有一半是出于恐惧。但从他们的口中，我得知了那个乌丹人的名字。他叫亚拓，听起来的确是一个乌丹人的名字，虽然在外族人的口中已变得不可辨识——可能是乌丹语中的"阿塔"（马），也可能是"亚塔"（冰川）。直到最后一次与亚拓见面，我都没有问过他原来的名字是什么。

"狼种人"是乌丹人对他们的称呼，但他们称自己为"发撒"，意思是"狼"或"狼群"。虽然生活在同一部落中，他们并不是拥有共同祖先的一群人。在他们之中，有阿纳斯人，有乌丹人，更多的人来自我从未听闻的地方。他们因各种理由离开故乡，又因某种原因聚集在一起。随着一起生活，这些人把各个部落的语言掺杂在一起，就变成了"发撒"的语言——"发撒"这个词本身就来自阿纳斯语。我一开始只能听懂与乌丹语相似的一些词，但渐渐也能勉强理解他们的日常对话。在他们的交谈中经常提及在哪儿又抓了几个落单的牧人（看来我的经历并不特殊）；除此之外，他们讨论的无非是哪一匹马跑得更快或哪里的牧草更茂盛——看，与我们关心的东西没什么不同。

那些手腕上有狼头图案的人，包括亚拓，是真正的发撒。相比我们这些奴隶，他们的生活会更舒服一些。他们住着宽敞温暖的毡房，吃着最好的肉，用着金银制成的餐盘，每晚都有女人陪伴。奇怪的是，在发撒中没有人能制造出他们所用的精美器具和武器。而且，我也从来没见过有商旅与他们贸易。那么，那些东西只能通过一种方式来到他们的手中。很快，我的猜测就被证实了。

我不记得过了多少个夜晚，但白日越来越短，说明夏天即将结束。在这期间，我们一直在迁徙。大概四五个夜晚就会向南移动半天的骑程。我猜他们在躲避或寻找什么人。

一天早上，亚拓出现在关我的马厩里，脸上还是挂着我所熟悉的微笑，但他粗暴地拉着我身上的绳子，像拉一匹野马一样把我拖到了门外。奴隶们被聚集在一起。从其他人的眼神中我知道，他们也不知道即将发生什么。

发撒们骑在马上，身穿铁甲，脸被面具遮盖，头上戴着尖盔，腰间挂着弓箭和弯刀。他们要与其他的部落打仗吗？会是与我们的族人吗？其他人恐怕也在问同样的问题。当他们吹起号角，我们像一群羊一样被他们驱赶着向南方行进。一路上，那些尝试逃跑和跟不上队伍的人被他们拖在马后直到断气；不过，他们对我们说，在太阳下山前还活着的人会被赦免。我们只能拿到很少的食物，即使是这样也来不及吃完，还没咽下肚就又要上路，继续用我们的两只脚赶上他们的四只脚。

在黄昏时我们终于停了下来。终点是一处丰美的草坡。那里背山靠河，作为过冬的牧场再好不过。果然，我看到草坡下有一片聚集的火光，从火光传来的方向，甚至能隐约听见歌声。那天正好是满月，对于草坡下的部落说不定是个值得庆祝的日子。

发撒们命令我和活下来的三个呼兰人站成一排。戴着面具的他们对我们拉开弓箭，然后在每个人的脚下丢下一柄斧头。亚拓——直到开口我才知道是他——骑在一匹纯黑色的马上对我们说："去抢掠那个部落的人吧。他们的食物是你们的，他们的金银是你们的，他们的女人是你们的女人，他们的男人是你们的奴仆。如果这一切你们都不想要，就把你们的生命留给我们。"他背对落日，面对着被阳光刺得睁不开眼睛的我们。不知为何，他又一次让我想起了夏木。他仿佛在祝福我们，如同祝福一群首次出猎的孩子。谁的胆量最大？谁的箭最准？谁猎获的猎物最多？成年人在一旁指指点点，等待胜负分晓。我忽然理解了他在火堆旁对我说的话。这是一次试炼，也是一次我必须面对的抉择。

面对发撒的弓箭和弯刀，我发现我的身体在打战。那不仅仅是因为恐惧。我当然想过，除了顺从他们，我可以拿起脚下的斧子与他们奋力一搏，但我太虚弱了。与我站在一起的每一个人都犹疑不决，没有人前进或后退一步。我们只是站在那儿。你或许在想，我们肯定在等待有人率先反抗，对吗？不，我们等待的是第一个拿起斧子、冲向火光的人。

当第一个那样做的人出现，每个人所面对的抉择就不攻自破。一群人的选择总比自己的选择更容易承受。当我身边的人拿起了斧子，我便也拿了起来。我们像在为自己的部落而战一样冲向不远处正在欢庆着的人们。他们唱的是什么歌？他们称自己是什么人？他们是谁人的子孙？他们会讲述什么样的故事？

我永远不会知道了。

5

荣光之始，彼持以矛；卑劣之始，彼持以刀。

——《乌丹夏木·角抵之章》

大君揉着眼睛走出洞穴，伸了个懒腰，向挑战者的方向踉跄迈进（祂的双腿还未从九百年的睡梦中苏醒）。杉林的夜比九百年前更黑了，没有一点星光。但对祂不是问题，因为祂主管着杉林中的光——即使在完全的黑暗中，祂的眼睛也能望穿整片杉林。

在挑战者的方向，祂发现了仅有的光源。光还很微弱，祂抬起鼻子嗅嗅空气中的光粒，竟然不能辨别那光来自什么；气味有点像雷电击中树木后引发的山火，又像从地心喷发而出的岩浆。无论如何，祂能断定：那是一种新的、不受祂掌控的光源。

随着祂离挑战者越来越近，微弱之光开始变得耀眼。祂看到杉林曾经的王者在熊熊燃烧，四周的杉树被烤得奄奄一息。树王的遗骸成为了被人类点燃的第一座火塘。如同所有的火塘一般，只要有足够的木柴，它就能一直燃烧。因此，在无穷无尽的杉林中，火焰也将无休止地燃烧下去。

是时候履行祂的职责了。大君把周围灼热的空气吸入肺中，使自己的胸腔鼓胀起来。当祂把空气呼出，空气已变得比万年冰川还要寒冷，夹杂着水汽凝结而成的冰粒涌向人类的第一束火焰。那是比大寂静更猛烈的风暴。

火焰瞬间被大君的气息所吹灭，只剩下星星点点的余烬在树王被烧焦的身体上忽明忽暗地闪烁着。在尚未散去的烟雾中，大君终于注意到了挑战者的身影。她用两只脚站立的模样与祂的宿敌有些相似，然而个头却比怪家伙高得多。奇怪的是，她头上长了一对硕大的鹿角。于是祂知道，与刚才的火焰一样，她也不属于祂的世界。

大君张开厚实的双臂，对她发出一声吼叫，表示祂接受她的挑战。

她立刻警觉地端起长矛，矛尖指着比她高出一倍的大君。大君的身形看似笨重，但无论是皮毛下紧实的肌肉，还是沉稳有力的脚爪，都蕴藏着她所不及的速度和力量。祂一边显露比猎刀更锋锐的牙齿，一边吞吐比战吼更雄浑的呼吸。她应该明白，那是一个她不可能战胜的对手。

大君缓慢而沉重地走近，似乎不准备率先出击，任她像狼一样在自己的两侧徘徊。当破绽显露，她猛然蹿到大君的背后，刺出一矛。在矛尖碰触到祂的皮毛前，大君的爪子已打中了她的右角。在她还是鹿时，曾与一头急奔的雄鹿迎头相撞，让她头晕眼花了一个早上。但与大君的爪子相比，雄鹿不过是一只撞向树桩的兔子。她感到身体不受控制地向后摔去，同时从头顶传来一阵剧痛。直到意识重新聚拢，她摸了摸头顶，才发现双角完好无损。怪家伙说得没错，她需要她的双角——如果不是它们挡住了大君的一击，战斗刚刚开始她就会被打得脑浆迸裂。

大君任由她慢慢地爬起来，静候着她的下一次出击。她原先束起的长发已散开，覆盖着她的面容。她从口中吐掉牙齿和鲜血，为了震慑对方和驱散自己的恐惧，又一次发出战吼。接下来的攻势比刚才更猛烈，她不停歇地将长矛刺向大君的头、喉咙或心脏。大君的身体有时像山，纹丝不动地挡开她的进攻，有时又像影子，倏忽之间消失或出现。

在那个黑暗的、所有星光都熄灭的白日，只有黯淡的余烬在树王的遗骸上见证了灰耳朵与杉林之主的决斗。在大君死去很多年后，灰耳朵也会死去。在灰耳朵也死去很多年后，诵唱这场决斗的歌声才会响起。在一代代夏木缓慢而低沉的声音中，他们的荣耀和血液将永存；在每一个灰耳朵的后人即将成人的前夕，他们的英姿会被披着熊皮的父亲和头戴鹿角的少年或少女重现。

但在那个万物屏息缄默的白日，祂和她并不关心这场战斗是否将被后人所知。她所有的注意力都在如何杀死对手，或不被对手迅猛的爪子击杀之上。看似胜券在握的大君同样全神贯注，不只因灰耳朵是一个值得尊重的对手，更因为祂享受厮杀的乐趣。祂已经忘记了上一个挑战者是谁。那肯定是很久以前的事了。祂也不记得有多少对手曾经与祂争夺杉林之主的位子。祂唯一能确定的，是自己每一次都获得了胜利——否则今天祂不会在熟睡时再次被挑战者叫醒。祂并不介意被叫醒——事实上，祂在睡梦中一直期待着下一个挑战者的到来。无论是谁，祂都不怕被打败。在永生之中，无所事事才是祂最可怕的敌人。

即使在《乌丹夏木》中，也没有记载那场战斗中灰耳朵被打倒了多少次。当她再一次爬起来时，她的脸上满是血污，指向对手的长矛不受控制地颤抖。大君挥下的每一爪，都如从天而降的巨石般砸在她的长矛上。一开始，她还能感到手臂的刺痛，渐渐便只剩麻木了，仅仅依靠本能招架迎面而来的攻击。当手臂不再听使唤时，她只能弯下腰，用鹿角抵挡。很长一段时间里，她忘记了来此厮杀的目的是挖出对手的心。她感到自己才是拼死挣扎的猎物。

好在大君不急于杀死她。对于祂而言，这次的挑战者很有趣，因为她既没有锋利的獠牙，也没有硬如钢铁的厚皮，只靠一根形似尖树枝的武器就想打败自己——虽然还不曾有人知晓"武器"为何物。关于她的一切，包括她声嘶力竭的吼叫以及狼狈的姿态，对祂都是从未目睹过的新奇。与她多厮杀一刻，祂就能多窥视一眼，就能晚一刻回归万年不变的时光。

终于，她透支了体力，把长矛扔到一旁，用四肢支撑着身体——像头鹿一样——任头发上的汗水滴落泥土。大君熟知那是挑战者认输时会摆出的姿态。现在她把处置自己的权利交给了优胜者。大君尊重所有的挑战者，也正因如此，祂从不让对手承受无谓的痛苦。祂会一口含住她的脖子，再干净利落地咬下她的头。这是大君的慈悲。

她露出脖子，不作任何防备，等候胜利者的气息逼近，直到她的背部感觉到了大君呼出的热气，浓重而缓慢。鹿角伴随着身体的战栗轻轻抖动，仿佛是被微风拂过的树枝。别怕，会很快——大君以野兽的方式对她说。是的，会很快，她以野兽的方式回答。在大君的嘴贴近她脖子的瞬间，她将抓在手里的泥土撒向对方的眼睛——

那是大君不能理解的行为：既然她摆出了失败者的姿态，为何又要袭击自己？在祂的世界中，"狡诈"尚未被理解，纵然是全知的杉林之主也不懂得防备来自猎物的偷袭。

趁祂捂住双眼，她拔出绑在腿上的猎刀，纵身扑向祂。她知道，自己的猎刀将刺穿大君的皮毛、肌肉，最终贯穿祂的心脏。祂的鲜血会喷涌而出，身体轰然倒地。她将以卑劣的方式杀死祂，但她将取得胜利。

如果大君只有一双眼睛，祂必不能逃脱。然而灰耳朵不知道的是，大君有着千万只眼睛。祂与杉林本为一体，杉林所能感知的，祂便也能感知。每一棵树都是祂的眼睛。整片杉林像一张庞大的蛛网，而他就是蛛网中心的蜘蛛，连最轻微的颤动都逃不过祂的监视。有时为了休憩，祂会屏蔽那些庞杂而无用的消息。但在遇到危险之时，祂与杉林之间的感应会被唤醒，立刻察觉林中的每一只鸟在哪里鸣叫、每一片落叶在哪里着地。

她的那些小动作自然一览无遗。大君不慌不忙地挥出一爪，正中她的脸颊。锋利的爪子割破了她的皮肤，她的半张脸变得血肉模糊，即便今后痊愈，也会留下几道可怖的疤痕。

她感觉被一股庞大的力量裹挟住，连意识都被打散，随着那股力量沉向虚空。

6

我筋疲力尽地坐在被我们屠戮过的部落中。

东方已开始泛白,垂死之人的呻吟逐渐平息。我已经开始习惯那种声音,还有皮革被烧焦的气味——可能来自被点燃的毡房,也可能是人体燃烧时散发的臭味。我尽量不去想我做过的事,不是因为害怕,而是我发现自己无动于衷。

亚拓走过来,坐在我的身旁。在他的脸上,曾经是左眼的位置有一个血肉模糊的洞。他的左眼应该是在刚才的战斗中被箭矢射中了。他对失去一只眼睛没有表现出丝毫的不适应。你会怀疑他早知道自己会在那一天被一支箭射中左眼。

他递给我他的烟管。我既没有拒绝,也没有接受。他把烟管放回怀中,没有强迫我。于是,我意识到,我不再是被掳来的奴隶。那夜之后,我和他之间有了一种难以言说的联系。你记得第一次出猎时在你身边的伙伴吗?只有他见过你初次与野兽搏斗时满脸鲜血的模样。在他的注视下,你会发现一个未曾认识过的自己。虽然我不想把两者视作同一回事,但我想不到一个更恰当的类比。无论他是敌是友,在那个空气中弥漫着焦肉味的黎明,我和他坐到了一起。因为我与他们作了同样的选择，所以我成为了他们。

"猎好？"他开口。那只是一句问候，但我无法不去想它本来的意思。朋友，你杀死了多少头猎物？"我说过，连灰耳朵也要作出抉择。"

"为什么？"我的喉咙很干，但还是挤出了一个问题。

"为什么我们要抢掠别的部落？还是为什么要逼迫你们加入我们？啊，无所谓，反正是同一个答案。如果我问你，灰耳朵为什么对大君施展诡计，或者乌丹人为什么要狩猎，或者你为什么会拿起脚边的斧头，你给我的也将是同一个答案。每一个在这片草原上生活的人或野兽都有同一个目的：活下去。我们头上的天像一匹疯马，今天还是放牧的好日子，明天该死的大寂静就会到来。我们无法像阿纳斯人一样，待在同一个地方，在土地中撒一把种子，只须等待几个月就能收获半年的粮食。如果我们在一个地方待太久，我们的牲畜会被风雪冻死，我们会因水源干枯而渴死，昨天养育我们的草地今天会变成埋葬我们的沙地。所以，乌丹人也好，乌丹人所谓的狼种人也好，永远都得在这匹疯马的蹄下挣扎存活。这不也是《乌丹夏木》教给我们的吗？"

"可最终灰耳朵没有杀死大君。"

"夏木教的东西还是一成不变。"他冷笑了一声，继续说，"如果灰耳朵有能力击败大君，你觉得她会怎么做？我们……乌丹人的延续已经给了我们答案：她一样会杀死祂，如同你会毫无愧疚地杀死一头小角鹿。如果你能接受为了存活抢夺猎物的血肉，为什么不能理解为了存活抢夺其他人？难道人的生命比野兽的更值得珍惜吗?"

我不知道该怎么回答。他继续说:"发撒没有像灰耳朵一样了不起的祖先。发撒的创立者不过是几匹在草原上游荡的孤狼。他们之中有失势的王子,有被流放的凶徒,也有不容于家族的逆子。渐渐地,这些孤狼聚集了起来,因为他们发现只有待在一块儿才能活下去。一个新的部落就这样诞生了,只不过维系这个部落的不是血缘,而是我们的境遇。这里没有忠诚的牧人和荣耀的战士,只有流放者、偷马贼和私生子。我们每一个人都懂得被人踩在脚下的滋味。所以在这个新的部落中,也有着与乌丹人不同的荣誉和耻辱。比如,抢夺不再是耻辱,因为一切以生存为目的的行为都是荣誉。"

"去抢夺其他的'发撒'也不是耻辱吗?"我打断了他。

"自然不是耻辱,但也不是荣誉。真正的荣誉是我们昨晚所做的,因为抢夺外人不仅让你自己获益,也是唯一让整个部落生存下去的方式。虽然发撒之间的抢夺时有发生,但如果有其他办法,没人喜欢那样做。在极度饥饿的时候,狼不介意吃自己的同类,但如果旁边有一只兔子,他会先吃掉兔子。"他顿了顿,继续说:"可与我们作战的不是兔子,他们也有弓箭和猎刀,每次抢夺时都有人死去。我们必须补充在作战中失去的人口,否则发撒会很快消亡。好在总有不容于世的人离开他们原有的部落,因此每过一段时间会有新的成员加入我们。但这仍然不够。当乌丹人即将迁徙却没有足够的马时,我们会怎么做呢?很简单,我们会去野外寻找野马群,用套索套住它们,再拖回部落。你明白了吗?你就是我套住的野马。"仿佛对于自己想出的比喻很满意,他的嘴角向上扬了扬。他没意识到,他口中的"我们"不知何时变成了乌丹人。

不过,这只维持了极短的时间。"当我们发现一个孱弱可欺的部落,我们会给你们这些'发乌'(阿纳斯语中的狼崽子)一个机会。这就像乌丹人的熊赐;只有完成了仪式,你才成为一个人,才能拥有自己的马和毡房。经过昨晚,像你这样作了正确选择并能活下来的,将有资格成为真正的发撒。那些生存的意志不够坚定或没法在战斗中存活的人,只能成为尘土。"

"如果我不愿意成为发撒呢?"

"以前的确有人在完成仪式后选择离开。但他们无一例外都会回来。"

"回来?他们疯了吗?"我惊讶地问他。

"他们没疯,但回到原来的部落后他们意识到:过去的自己已经不在了。劫掠时他们所闻到的血腥味会一直跟随他们——在他们挤奶的时候,在他们与女人和孩子嬉闹的时候,在他们做梦的时候。那气味将成为他们身上的气味。过去之身汝耶?现在之身汝耶?每一个人都像灰耳朵一样问自己。灰耳朵必须接受以新的躯体生活,他们也一样。在他们完成了发撒的仪式之时,就注定会成为发撒,直到有一天在战斗中被杀死。"

从他的语气中,我听不到任何遗憾或悲伤。

"你尝试过回到乌丹人的部落吗?"

他沉默了一会,再一次对我说:"忘记了《乌丹夏木》的人,还能算乌丹人吗?"

于是我不再询问。

在我们的谈话结束后，我任他们在我的右手背用紫色的草汁刺上了狼头。至少有一点他是正确的：我不能再回到乌丹人的部落中生活。我担心我的父母和伙伴能看穿我，得知我在那个夜晚做过的事。我无法再镇定地念诵"以汝之血"——每一个字都像是对于灰耳朵的亵渎。即使在我死后，也不会有白色的大角鹿在不归之河的岸边等我。

所以我选择加入了这帮强盗和放逐者——难道我还能说自己比他们崇高吗？此后的每个夜晚，我都会在梦中回到被我屠戮的部落中。让我暂时摆脱这梦境的唯一方式是以发撒的方式活着。我像他们一样开始吸食令人迷醉的烟草，跟随他们掠夺了更多的部落，杀死了更多的人，陷入了更深的遗忘。

同时，我去了我们部落从未到过的地方，见到了我们从未见过的人。我见过生活在东北方草原的苏库人。他们也自称是灰耳朵的子孙，并曾穿越沙漠到达传说中的黑湖。还有生活在东方、以捕鱼为生的莫狐人。在他们的传说中，在东方草原的尽头，只要乘着能在水中浮起的大房子，就能到达另一片土地。至于在那片土地上居住着什么人，他们也说不清楚。

但无论到哪儿，我都会给那里的人带来灾难。遇见一个部落之时，就是我即将杀死他们的男人、抢夺他们的女人之时。这把铜斧就是我与他们厮杀时用的武器，无数人的头颅曾被它斩下。对于那些逃跑的人，我们会骑着马，像射杀猎物一样射杀他们。劫掠时，发撒很少留活口，因为我们知道幸存者一定会找我们复仇。我们会杀死所有身高高于车轮的男孩；更小的则被扔到荒野，任野兽把他们吃掉；女人被我们享用后，就卖给阿纳斯人为奴。正如发撒这个称号，我们是一群狼，任何猎物都无法逃脱狼群的围捕。其实我们比狼更像野兽，因为我们能毫无恻隐地残害同类。

不过，即使狼也有天敌。东方的许多部落因常遭劫掠，往往组成联盟尝试剿灭我们。虽然发撒都是身经百战的战士，但人数不多，无法正面与他们抗衡。因此，我们不仅要像狼一般凶猛，也要像狐狸一般狡诈，小心隐藏行踪。即使不在迁徙的季节，发撒的营地也从不在一个地方停留超过五个落日。离开前，我们会尽量消除一切生火定居的痕迹，埋掉一切不能带走的物品。

发撒的敌人中也有优秀的猎人，也懂得豢养嗅觉敏锐的狗。当他们找到我们的营地时，我们就不得不拿起武器战斗。很多战士被杀死，但每一次亚拓都能带领残部逃脱。我们会在一个无人放牧的地方休养生息，等召集到足够的人手之后，再去劫掠曾经袭击过我们的人。我们袭击他们，他们再袭击我们，就像四季一般循环着。

对付那些善战的部落——比如说乌丹人——发撒会恐吓他们远离。每屠戮一个部落或狩猎后，我们会砍下人或猎物的头颅，埋在土中，再清理掉一切痕迹。如果你从那些部落经过，你只会看到一座座空无一人的毡房，却不知道毡房的主人正躺在你的脚下。可最终总会有人发现被集中掩埋的头颅——像我外出狩猎那天所看到的一样。我曾问过亚拓原因，为什么特意埋藏那些头颅，却又等待有人发现它们？他说，当人们看到恐怖却无法解释的东西时，总喜欢将恐怖夸大其词。例如在乌丹人的传说中，我们竟然确信狼种人会吃人，使得牧人乃至寻路人都不敢接近他们的领地。正是因为这样，乌丹人才对发撒所知甚少，而知道得越少，我们的恐惧就越深。

渐渐地，我习惯了作为一个发撒的生活。我知道如何不引起注意地摸入一个部落，杀死巡逻的卫兵；我知道在分赃时哪些可以舍弃，哪些能从阿纳斯商人那儿换取金子；在狩猎时，我不仅学会了使用兽夹，还与其他发撒一样弃食猎物的头颅。更重要的是，当我做这些事的时候，我越来越少想到自己是灰耳朵的子孙。我与他们一样，成了一个背弃祖先的叛徒。

夜间无事，他们常一边喝着蜜酒，一边谈论征战的"荣耀"——无非是砍下过多少头颅，或掠夺了多少金银。偶尔，他们也会提起加入发撒前的经历。有一次，几个人互相炫耀人生中做过的第一件恶事；一个阿纳斯人说他在穿越流沙时杀死了同伴，只为占有同伴的货物；一个我熊人描述了他如何在荒野中吃掉了亲哥哥的尸体。他们轮流讲述着这些匪夷所思的暴行。从他们的言语中，我很难判定哪些是真哪些是假，因为每个讲述者看上去都兴高采烈，就如他们是天生的恶人；但从一些人的脸上，你能发现一种失落，于是你不禁怀疑：那些嬉笑和自满是否只为掩饰心中的不安。

有一晚，在熄灭篝火前，轮到了亚拓。他不慌不忙地吃着插在猎刀上的一块烤鹿肉，似乎陷入了回忆。独自坐在角落的我竖起了耳朵，想听听他能讲出什么样的故事。如果他曾经是乌丹人，他讲的故事必定与乌丹人有关。难道他杀死过大角鹿？吃过马肉？还是在背后捅死过一起狩猎的伙伴？我想象不出——不，是不愿想象——灰耳朵的子孙能有多么残暴。

终于，亚拓用衣袖擦了擦猎刀，插回皮鞘。他只说了一句话："十五岁，我离开了母亲。"

发撒们哄然大笑，说了许多粗俗的话，有些是关于他母亲的——你不必知道得太详细。亚拓阴沉地扫视了他们一眼，于是他们纷纷闭上了嘴巴。这时，他忽然望向远离篝火的我，大声道："舌头被狼吃掉的乌丹人，你来说。"

铁箭棱，一件奇怪的事发生了。我本打算默默离开，回到自己的毡房。可不知为什么，他的话就像夏木的咒语，使我不能动弹。然后，我不由自主地张开了嘴。

我说的是：我偷了一张弓。

那的确是我羞于向他人提及的一件事——就算是现在，我也不愿说太多——却在那晚轻易地说出了口。好在他们听了后兴致不高，没有继续询问。火被扑灭，木灰被掩埋，他们纷纷离开，走过我身边时，亚拓对我说："做个好梦吧，偷过一张弓的乌丹人。"

除了我，亚拓是发撒中唯一的乌丹人。我并不喜欢他，甚至有意识地避开与他同行，可能是因为他的存在提醒着我的过去。不过，我没有多少选择。在劫掠时，他总让我待在他的身边。他曾半真半假地对我说，在战斗中，身边有一个乌丹人他觉得更安心。对于他的信任我不甚理解——他以为在危难中我会奋力相救吗？仇怨不会那么轻易地被忘记。

谁也想不到，我反而成了被他营救的对象。在我加入发撒后的第一个冬天，我们突袭了库伽人的营地。他们居住在林地之中。虽然在那里生长的是白桦树，但与这里的杉树一样能遮蔽天空。到处被雪覆盖着，就像从未有过人烟。如果不是靠一个库伽人带领我们，我们根本不可能找到营地的所在。据亚拓说，领路人本是库伽人的王子。幼年时，他被自己的亲叔叔篡位而流落在外。在发撒中，像他这样的人并不少见。如果你问起他们的身世，很多人会讲出一个类似的故事——有真有假，但不重要。对于发撒们来说，一个人的过往不比一个久远的传说更值得深究。

阳光下，领路人的银发亮得像雪一样刺眼。自我们进入那片白桦林开始，他的一举一动就变得与往日不同，像一匹老马重新回到幼时成长的地方。我看得出，一些故意隐藏或遗忘的习惯——走路的姿态、吹口哨的音调、微笑的方式等——被他重新拾起；甚至他会无意识地对我们说一大段库伽语，当我们表示不解，他再用发撒的语言重复。我意识到，对于他而言，那不仅仅是一次普通的劫掠，更是复仇和索债。他要带着可怖的发撒回到他的故乡，杀死欺侮过他的人，夺回属于他的东西。

铁箭棱，虽然我与他的经历不同，但我真怕有一天自己也会以那种方式回到乌丹人的部落。为了避免那种事发生，我更加坚定地打消了回到部落的打算。过去之身汝耶？现在之身汝耶？亚拓的话不无道理，每个人都应学会舍弃过去之身。

好了，让我们回到在白桦林中发生的事。领路人带领我们逼近库伽人的营地，却发现营地中空无一人——就如发撒劫掠一个地方后常常留下的景象一样。当我们正小心翼翼地接近他们的木屋，走在最前方的领路人忽然转过身，示意我们躲避。我还没反应过来，一支箭已射穿了我的小腿。射箭的人很有经验，他知道被射中小腿的人跑不了多远。他们想活捉我。我听说过库伽人的处刑方式，他们会绑住我的双手、蒙上我的眼睛，再逼我走进狼穴。嘿，对于"狼种人"，那未必不是一种恰当的死法。

被雪覆盖的树木隐蔽着库伽人的身影。箭继续像雨一样向我们落下，我们却看不到一个朝我们射箭的人。发撒的战士一个接一个地倒下，连领路人也被射成了刺猬。在我闭目等待一支箭了结我的生命时，忽然有人拉着我退到了一棵树的背后。

是亚拓。

他折断了我腿上那支箭的箭镞，给我灌了一大口烈酒，接着一阵锥心的剧痛从腿上传来。我隐约看见，他将从我腿上拔出的箭杆插在被血染红的雪地中，然后背起了我。

或许因为意识不清，接下来的事我一直不能完整地回忆。无论如何，他带着我逃离了库伽人的追杀。几天之后，我们走出了库伽人居住的白桦林，回到了发撒的部落。

铁箭棱，我想告诉你的是，我如何接受了自己成为和他们一样的人——虽然这与你的身世不直接相关。就这样，亚拓成了与我并肩作战的伙伴，而在我离开发撒之前的那段时间里，我一直把他当作最信任的人。这难以置信，对吗？你应该记得，我说过发撒之间的关系像一起狩猎的伙伴。乌丹人相信亲缘来源于血脉；父亲将血传给儿子，就如大君将自己的血肉馈赠给灰耳朵。因此，当一个人与你共同品尝过猎物的鲜血，他会成为你的另一种血亲。你或许感到不情愿，甚至抵触，但你无法切断你们之间的血脉，就如无法切断父与子之间的血脉。我和亚拓就成了这个意义上的血亲，而正是因为那一次失败的突袭，我开始认识到这一点。

自那之后，每当大战临近的夜晚，我会和他们一样饮酒和享用女人。隔着火焰旁的阴影，我能看出，看惯杀戮的发撒仍然惧怕死亡。谁也不知道明日自己会不会被一支箭射穿喉咙。而且，没有夏木能告诉我们死后会去哪里。所以我们只能坚定地相信：每当我杀死一人，或每一次目睹曾与我共饮蜜酒的同伴被杀死，我们的纽带会变得更坚不可摧，而无论我们各自流着来自哪一个先祖的血，死后我们的血必将融为一体。

7

汝之所游，汝之所见，汝之所生，皆我所赐。

——《乌丹夏木·熊赐之章》

灰耳朵醒来时，真正的黑夜已经到来，月亮和星辰都待在他们应在的位置，注视着胜利者和失败者。她挣扎着撑起四肢，姿势与准备偷袭大君前一模一样，但这一次她无力伪装。天不可穿，地不可覆。她想起了杉林给她的警告。大君就像天和地一样，所以不可能被打败。

大君坐在不远处，专注地啃食一条鹿腿——另一头鹿的——对于她的苏醒未报以关注。祂很饿，好像几百年没吃过东西了（事实上也如此），囫囵地吞下带骨的肉块。周围的地上满是被吸干了骨髓的碎骨和皮毛。看起来祂已经吃了很久。

灰耳朵疑惑被吃的为何不是自己。在森林中，失败的挑战者被优胜者当作晚餐是再平常不过的事。争斗中损耗的能量必须以某种方式偿还。

大君用长着倒刺的舌头舔净了骨缝间的肉渣，终于露出满足的神态。一头鹿的血肉当然不足以消解九百年的饥饿，但事实上，大君不需要通过进食就能活下去，因为只要杉林中还有树根在吸收土壤中的养分，祂就不会陷入饥饿。然而，捕猎和进食都是熊的本性；只要祂继续以熊的身体行走，那也将是祂的本性。同时，祂享受咀嚼，只有在齿与齿的厮磨中，祂才得以证实自己的肉体真实不虚。

灰耳朵坐了起来，背靠着一棵树。她试探着摸了摸自己的腿和胸口。断了几根肋骨？三根？四根？腿也断了一条，肯定不能走路了——还是四条腿好。声音游离在肉身之外，事不关己地喃喃自语。她仿佛回归到了觉醒前的状态，听到的声音不再饱含意义，也无法区分自己和其他任何一头鹿的差异。这几日的冒险像一场延续了几天的梦，而现在她即将从梦境醒来。或许她应该赶去父亲和祖先们等待死亡的地方。

大君饱餐后，开始梳理已经打结了几百年的毛发。那是一件任何人都无法替祂完成的工作。祂必须用铁梳般的舌头分开一绺绺坚硬的黑毛。完成后，祂站了起来，在树王的遗骸旁俯视着垂死的手下败将。

"到此何为？"祂并未开口，但四周的杉树相互推搡着枝叶，用他们的声音询问。杉林的声音就是祂的声音。

灰耳朵不愿回答，于是保持缄默。她还没学会用摇头表达"不"或"不想说"。要等到灰耳朵与第一匹野马缔结誓约时，人才会模仿马摆首的姿态，告诉对方"不，我永远不会背叛"。

"代我为王？"杉林再次代替大君问。

灰耳朵咳出了几口血，仿佛没听到对方的话。大君等待了一会儿，不知该继续询问或是放弃。祂垂下头，样子看上去有点沮丧——仿佛祂才是失败者。

取你的心。她微弱地说,用野兽之语。若不是身后的杉树听到了,大君不会知道她说了什么。对于她的回答,祂似乎很开心,仰着身体发出一串兴奋的怪叫。直到后来,当灰耳朵也学会了发出那样的声音,她才称其为"笑"。

我的心不好吃。祂用野兽的方式回答。

我不是为了想吃它。她以野兽的方式说。

那为什么?祂问。

有了它,我就可以离开。她感到自己的气力越来越微弱。

你要去哪?大君的询问充满了好奇,就像一名老者询问一个即将远行的年轻人。

她再次沉默——不是因为不想回答,而是自己也不知道答案。最终,她只能告诉对方。去没有杉树的地方。

接下来换大君陷入沉思。自第一棵杉树开始生长,祂就存在于杉林之中。即便祂有了肉体和意识,几十万年以来,祂也从未离开过这里一步。事实上,祂甚至不确定是否存在一个没有杉树的地方。作为这个世界的一部分,祂的目光永远只能停留在这个世界之内。然而,灰耳朵身体内的声音也曾在祂的身体内被唤醒。那个不安分的声音会提醒宿主:你憎恶单调。祂不明白声音想让祂做什么,但祂开始厌烦杉林中无始无终的时间。祂的确想过离开,可祂能做什么呢?每一根针叶、每一捧泥土都是祂自己。祂无法离开杉林,因为无论是谁都无法离开自己。

还好,祂学会了长眠,一旦入睡便能无知无觉地度过几百年。偶尔在梦境中，祂会重回初生时的恬淡岁月。那时的祂心无忧虑，整日为了寻找蜂蜜在林中漫步，或忙于与敌人厮杀。另一些梦会带祂去往陌生之地，祂不知道是哪里——甚至大部分时候不记得看到或听到过什么——但祂知道那是一个陌生的地方，而且生存会比在杉林内更艰难，有着更凶残的猛兽和怪异的植物，有时还会被可怖的天候所笼罩，刮起足以吹断千岁之杉的狂风，降下能够覆盖太阳下每一块石头的大雪。不过梦境总归是梦境，不代表那样的地方一定存在，更不代表有谁能走出杉林。

没有杉树的地方更好？祂问。

我不知道。她回答。

但你仍然要去？祂追问。

她不说话。

到了没有杉树的地方，你会做什么？过了一会儿，祂接着问。这也是祂想问自己的问题。

去更远的地方。她回答。

良久，祂跳下树王的遗骸，来到她的面前。可以给我看看你的獠牙吗？祂指着地上的猎刀。

灰耳朵思索了一下，捡起猎刀，双手捧着递给祂，双膝着地——就像献出的是自己的心。

大君笨拙地用爪子握住了刀柄。祂惊奇地打量手中的物件。它看上去像一块石头做的牙齿，但比任何动物的牙齿都锋利。那不是属于这个世界的造物，因此持有它的野兽必然也不属于这个世界。她必定可以走出这里。祂用一个除了自己之外谁也听不到的声音说。

于是，祂不无骄傲地对她说：我可以把心给你。

接下来，就发生了所有乌丹人都知晓的熊赐。千年以来，事件的每一个细节都被他们讲述、传唱并在仪式中模仿。只有当一个乌丹人在众人的注视下完成模仿，她或他才有资格接受大君的馈赠；她或他才能孤独且无所畏惧地离开父亲的毡房。

在熊赐的开始，大君的视线脱离了使祂着迷的黑色利刃，左爪试探着自己的心跳。祂的心跳像一阵耳语，当祂倾听时，全然不明白耳语者的语言，却又能完整地理解他的倾诉。耳语者对祂说：以汝之血，以汝之肉，以汝之心，以汝之命。于是大君再无疑虑，因为祂终于知道自己因何而生，以及将因何而死。

祂倒执猎刀，刺向心脏的位置。黑色的利刃如破土的树芽刺穿了祂的血肉。在胸口剜开一道足够大的口子后，祂将爪子伸入胸腔，摸到如胎儿般呼吸着的心脏。这是我？还是我的孩子？祂一边感受它的温度，一边轻柔地用指甲割断了它与身体连接的血脉。完成了。祂如释重负。

捧着仍在跳动的心脏，祂递给跪在身前的灰耳朵。祂看着灰耳朵一口口将自己的心咬碎，再吞入腹中，仿佛一万年没吃过东西的是她。

这是大君的馈赠，同时也是祂的回报，因为祂知道自己的一部分将与灰耳朵一起离开这片杉林。灰耳朵将看到的，便是祂看到的；灰耳朵走过的，便是祂走过的；灰耳朵的死亡，便是祂的死亡；灰耳朵的子孙，便是祂的子孙。

8

我曾以为那样的生活将持续到我在某一场战斗中被杀死。但三年后,它在一个没有月亮的夜晚终结了。

那次,我们袭击了莫狐人的一个村庄。虽然莫狐人对我们有所防备,并杀死了不少我们的战士,但他们毕竟只是一群渔民,无法对抗凶恶的发撒。铁箭棱,你从阿纳斯商人的传言中听说过"海"吗?这是一个阿纳斯人的词语,指的是一种无边无际、深得永不见底的大湖,据说与海相比,黑湖不过是一只半满的银杯。

莫狐人就生活在海的边缘。因为海中有取之不竭的鱼,以及各种奇形怪状的水兽,所以他们从不与其他部落争夺放牧的土地,只需要每天用渔网收获一些鱼,就能不为食物担忧。如果发撒不曾到达东方的海岸,看到比大寂静更迅猛的波浪,莫狐人可能会永远过着安逸的生活。

战斗结束后,莫狐人的尸体被扔到了海里。我们在尸体上绑了沉重的石块,以免他们被海浪冲上岸。黑夜中,他们在我的注视下慢慢沉入更深的黑暗。海浪不停地冲刷着礁石,就像巨兽睡梦中的呼吸。整片星空倒映在海面上,与我第一次在发撒的营地中所看到的银河一模一样。另一种星空却被遗忘了，那是我与伙伴们一起喝着蜜酒唱诵《乌丹夏木》时所看到的星空。

当所有的痕迹都被抹去，发撒开始搜刮村庄内有用的物资，包括鱼干、武器、铜或铁制的工具以及有价值的金银器。莫狐人的武器实际上都是普通的渔具，包括鱼叉和用来割断渔网的短刀。虽然发撒中的大部分战士用不惯它们，但仍有许多武器被带走当作战利品——一个发撒彰显自己功勋的方式，就是收集来自各个部族的武器。

村庄中的鱼腥味让我感到恶心，所以处理完尸体后我没有参与他们的劫掠，而是独自留在海边的礁石上透气。然而鱼腥味并未随着海风消散，反而混杂了血腥味，隔着深邃的海水，那气味似乎能飘进我的鼻子。我以为自己已经习惯了血腥味，只在模糊、残忍的噩梦中才偶尔闻到它。但看着随海浪起伏变幻的星空倒影，我一下子醒了过来，意识到：成为发撒本身才是噩梦的开始，虽然这个梦无比真切，但在火堆旁与我一起享用酒、烟草和女人的伙伴只不过是梦中的道具，他们就像冬日毡房中盛着热奶的铜壶，使我安于短暂的安逸，而不去担忧帐外真实的寒冷。

忽然我感到反胃。对着铺满了海面的银河，我吐光了胃中的最后一滴水。

当我的身体平息下来后，一个念头从心中生起。只有结束自己的生命，我才能避免陷入这噩梦之中。这不是我一直想要的吗？想着想着，我拔出了腰间的猎刀，准备刺向自己的心脏，就像大君那样。在讲解《乌丹夏木》时，夏木会告诉我们，大君的生命并未结束，而是随着心脏被吞食而成为了灰耳朵的一部分，所以我们的血液中也流淌着大君的血液。熊赐既是大君对我们的馈赠，也是他战胜时间所获得的战利品。但我呢？当我的心脏被猎刀刺穿后，我会去哪？不会有一头白色的大角鹿在不归之河的岸边等我，因为不知从何时开始——或许在我成为发撒的那个晚上，甚至比那更早——我就不再相信一头母鹿变成一个女人的故事，也不需要在杀死一头黄羊前念诵"以汝之血"以抚慰心中的不安。死后，恐怕连怪家伙都不愿收留我。那么我会变成什么呢？大概会被虫豸和野狗抢食。我的生命或许只能在虫豸和野狗的身上延续下去了。

如果是那样，总也不算太坏。

但在猎刀刺下前，我听到了你的哭声。你的哭声是从一个鱼篓中传出来的。鱼篓不大，大概只能装两三条鱼，绝不会有人想到里面能装一个人，而你就蜷缩在其中。意外和好奇打断了死亡，我捧起装着你的鱼篓（你可能还没有一条大鱼重），忍着鱼腥味揭开了盖子。我探头往里看，但什么也看不见。我首先察觉到的是你的呼吸，温热地吹拂我的鼻尖。我用手臂环住你柔软的脖子和膝盖，小心翼翼地把你从鱼篓中取出，尽量不让尖锐的藤条刮伤你，那时我才真正看清了你。很难判断你有多大——或许是刚出生，或许两三个月，对于当时的我而言都一个样。我也不知道你是丑还是好看，只觉得你像一只被剃了毛的兔子，紧闭眼睛和嘴巴等我吃掉你。然而，很快你开始放声哭泣。这个孩子一定是闻到了我身上的血腥气——当时的我曾这样想——但立刻我便知道你只是饿了，需要一口奶或一口莫狐人做的鱼汤。无论哪个我都无法给你。

何况，我有一个更严重的问题要处理。如果你继续哭下去，村落内的发撒们必然会听到。别忘了，他们的规矩是杀死每一个高于车轮的人，更小的则会被弃置荒野，留给野兽。而你比一个鱼篓还小，一只兔狲或鼹鼠就能咬死你。说实话，当时的我还没有决心要拼死保护一个陌生的婴儿。即便我愿意，恐怕也无法阻拦他们。因此，我能做的只有用袖子捂住你的嘴，不让你发出声音。你看，我完全不懂如何对待一个孩子。那样堵住一个孩子的嘴会让他窒息。果然，你苍白的小脸慢慢变得通红，接着发紫。当时我已经意识到有些不对头，但又怕一松手你会哭出声来，只能任你的呼吸越来越困难。

如果不是有人及时阻止了我，你可能真的会死在我的手里（对不起，铁箭棱）。但你绝不会想到救你的人是谁——

那个人从背后对我说："放手。"

那是亚拓的声音。

惊慌失措的我终于松开了手，你的呼吸停顿了一下，然后倾泻出哭声。我转身面对他，单手抱着你，另一手的猎刀却指向他。我不知道为何会那样做。

他把手伸向自己的腰间，故意放慢了动作，使我看清他没有恶意。他在腰间解下一个皮酒囊，递给我。

"羊奶。"他告诉我。

我只能把奶倒进手掌，一小口一小口地喂你，否则你会因喝得太急而被呛死（这也是亚拓教我的）。当我喂饱了你，那一袋羊奶也见底了。我把它还给亚拓。

"渔村里正好有一头产奶的母羊。"他若无其事地说。

"我在一个鱼篓中找到了他。应该是他的母亲把他藏了起来。"我回答着他从未问出的问题。

"所有的女人与他们的男人一起战死了。"他若无其事地说。他是告诉我，没有人能照顾你——而且没人会为你的死去而难过。

"我知道。"

"让他去陪他的母亲吧。"

我没有答应，也没有拒绝，但我的右手不由得摸向刚已入鞘的猎刀。他肯定发觉了我的动作，但并未显得紧张。在离开前，他只是对我说："大寂静要来了。天亮前出发。"

我知道那是留给我的另一个抉择。在明天破晓前，我被允许像一个父亲一样照顾你（那时我还不知道如何当一个父亲；或许，现在仍然没有学会），同时考虑我们的未来。发撒中也曾有人不忍亲手杀死敌人的孩子，然而他们能做的只是把那些孩子领到荒野中，给他们一个火把和一柄长矛。他们会告诉那些孩子"活下去"，但谁都知道那些孩子很快就会被狼吃掉。亚拓默认我也会那样做。

那个晚上像今晚一样，每一个人都能听到大寂静的呼啸声。雪开始窸窸窣窣地落下，很快堆积在空无一人的木屋上。有些木屋内还燃着油灯，仿佛主人已备好了食物和木柴，准备在屋内窝一个冬天。在我离开前，村庄安静得就像灾难从未在这儿发生过，连发撒们在泥泞中留下的脚印都被掩埋得干干净净。

在我带你回营地的路上，正在喝酒作乐的发撒们向我投来惊奇的目光。有的人还会过来逗逗你，喂你一勺蜂蜜或在你的前额上弹一下。我知道，在他们眼中我抱着的是一头从野外捡来的野兽崽子，可爱但总归不属于这里。没有一个人表现出丝毫想伤害你的样子，但我一直提心吊胆，直到回到我自己的毡房中。你要知道，在这些人之中，说不定哪一个就是杀死你父母的仇人——他们也必定知道这一点。然而，他们面对你时却能把你当作一个普通的婴儿。你说这是为什么？铁箭棱，我能理解你的愤怒。当时的我也视他们为敌人。有点可笑吧？我几乎忘记了，我也是狼群中的一员，我也曾杀害过你的族人。这是我永远无法改变的事实。

在毡房中，我把你裹在一张貂皮里烤了一会儿火。因为寒冷，我把马也牵了进来。我还记得，你和它好奇地相互打量。帐外，发撒们在庆祝胜利，他们一会儿唱歌，一会儿用各种语言互相咒骂。虽然吵闹，但疲惫和温暖让你很快入睡。我也很累了，但还不能休息。我得等最后一个人醉倒在自己的毡房中之后，再带你离开。我像傻子一样对只会哭叫的你说：我不会给你一支长矛，因为我会保护你。虽然我不知道在大寂静中我们能否存活，也不知道应该去哪儿，但这是带着你活下去的唯一机会。

对了，在你啜吸着我手掌中的羊奶时，我就已作好了决定。

当帐外的积雪已没过脚踝，营地内终于只剩下此起彼伏的呼噜声。雪地会拖慢我的脚步，但只要我足够小心，就能在他们发觉前溜出营地。

为了避免你发出声响，我喂了你一点蜜酒，让你暂时不会醒来，然后用两层兽皮紧紧地包住你（即使这样我也不知道你能否承受外边的寒风）。在脚上，我穿上了现在我们穿的这种大鞋子。这是苏库人在雪地中行走时穿的鞋子，在接近大流沙的北方，一到冬天就只能穿这样的鞋子行走。我带上猎刀和弓箭，牵上马，我们的逃亡就这样开始了。

我小心翼翼地避开其他人的毡房，以免他们听到我的脚步声或窥视到我们的影子。其实我根本不用担心，因为战斗后每一个活下来的发撒在那晚都会尽情享乐，然后像死了一样不省人事。只有睡着了，他们才不用去想在下一次战斗中能否活下去。

降雪会很快抹去我们的足迹。黎明，他们或将发现我逃向北方，但他们不敢追赶，因为猛烈的暴风雪会在北方等着他们。即使是发撒，也不能无视大寂静的神威。当然，北方的气候也不会更仁慈地对待我们，但无论如何都好过沦为狼群的猎物。

当我们开始远离营地，我几乎以为我的计划成功了，但前方忽然被一根火把照亮。是亚拓在那里等待我们。

他手中拿着一把猎刀。那把刀看上去很旧了，木制的刀柄尾端雕刻着一只鹿头。那是乌丹人常用的纹饰。

"猎好。"亚拓走向我，用乌丹人的语言对我说。

"猎好。"我看着他的眼睛回答他。

"放下这个孩子，我会留他一根长矛。"他说。

我摇摇头，先把你牢牢地绑在马背上，然后拔出了猎刀。就像与大君战斗的灰耳朵，我和亚拓各自压低了身体，迂回地靠近对方。他握刀的方式与我父亲教给我的一模一样，都是用三根指头握住刀柄，食指和拇指微微放松。我忽然想到，他是独自在这等我，特意以一个乌丹人的方式与我决斗。他或许已经不能被称为一个乌丹人，但灰耳朵和大君的血液仍然在他的身体中流淌。

亚拓是一个身经百战的战士，但他比我年长许多。因此，只要耗尽他的体力，我必然能击败他。我尽量与他保持距离，利用地上的积雪拖住他的脚步。然而，他显然比我更有经验，多次巧妙地引诱我进攻，再从我意料不到的方位攻击我的破绽。我的肩上和腿上都被他的猎刀所伤。当寒风拂过伤口，我能感到自己的力量和血液一同流失。如果我不能尽快取胜，最终被耗尽体力的反而会是我。

果然，很快我开始气喘吁吁，步伐也不再稳固。而他的攻击变得更加主动了，使我只能维持守势。他是一个多变的对手，即使他的刀不伤到我，也能顺势用膝盖和肩膀撞击我的要害。谁都看得出，用不了多久他就会赢得这次决斗。铁箭棱，一个善于思考的战士永远胜过只会用蛮力的莽夫。

接下来发生的事他却没有想到。避开他的一次攻击后，我向后退了几步，然后扔下了自己的刀。我告诉他，我会把孩子留在这，然后跟他回去。听了我的话，他并未放松警惕，仿佛在思索我的意图。

"我做的已经够多了。何况，我带着一个孩子能去哪儿呢？一个发撒无法回到乌丹人中生活。"我冷漠地对他说。

他点了点头，但刀仍未收回。他让我把刀踢到他的脚边，然后把你从马背上解下来给他。我一步一步遵从他的指示，把你抱在手中走向他。你酣睡着，对于刚才的厮杀毫不知情。盯着你的脸，我想对你说些什么，但我只能像一只失去了鸣叫的鸟，小心地呵护着你。

当我越走越近，他终于放下了猎刀。抱着一个孩子的我不会对他产生威胁。可他忘了，我是灰耳朵的子孙。灰耳朵的血液中除了勇敢，也有狡诈。

当他呼出的白气已能吹到我的脸上，我知道已经够近了，于是我将你递给他。

他伸手去接，我却猛地撒开手，任你摔向地面——

如我所料，他出于本能地弯腰想捧住你，但弯腰的同时也暴露了自己的脖子。我用手臂锁住了他的脖子，把他死死地按在雪地中。

即使是有无数只眼睛的大君，可能也无法防备我的计策吧。我的计策比灰耳朵的更厉害，但也更卑鄙。至少在那个瞬间，想保护你的是他，而故意把你摔向地面的是我。

被我锁住脖子的他尝试挣扎，但就像你和你的伙伴们玩耍时一样，在近身角力中，莽夫永远是胜者，经验与技巧都变得多余。用不了多久，他的呼吸就会慢慢停止，身体在雪地中变得僵硬。

可我既不需要也并不想取他的性命。他毕竟曾是一个乌丹人。

当他开始陷入昏迷时，我放开了手，趁他还没恢复意识用马鞭捆了他的手脚。很快他在剧烈的咳嗽中苏醒。我把你从厚厚的雪地上抱起来，准备离开。

他在我身后沙哑地对我说——用乌丹人的语言："灰耳朵的子孙，留下属于这里的东西，你才不再属于这里。"

我知道他想要什么。我犹豫了一下，随即用左手抽出了猎刀。

铁箭棱，你能猜到我将要做什么，对吗？我要舍弃我的右手。我知道，这一点也不合理。当时已没有人能强迫我那样做，但他说得对，只有舍弃发撒的标记，我才不再是一个发撒，就如同当灰耳朵的双角脱落，她才能完全摆脱旧时的身体——她才能离开困住他的杉林。记得吗？你曾经问过我：一个人为什么要举行熊赐？为什么要做那些无聊的仪式和表演？在你这个年纪时，我也曾问过夏木同样的问题。她的答案我仍然记得：就是在那些看似无意义的仪式中，你才从一个孩子变成一个大人。当你带上灰耳朵的鹿角，而我穿上大君的熊衣时，我们也模仿着他们的经验和抉择。你可能不会察觉，但熊赐中的每一个动作都会留在你的记忆中；它们就像夏木治病时所念的咒语一般，听起来是胡言乱语，但有着难以理解的魔力。这种魔力会使你如灰耳朵一般，不带恐惧地走向杉林外的世界。你能理解我说的话吗，铁箭棱？

舍弃那只手就是我的第二次熊赐。

9

藤缠成木，木分成枝，枝生筋骨，骨生血肉。

——《乌丹夏木·果实之章》

在她吞下第一口大君的血后，改变就开始了。她口中的血肉并不比兔肉和鹿肉更有风味，但风味并不是她所寻求的。那颗心脏被她的牙齿撕开、嚼碎、吞咽，在胃中被胃液溶解再被吸收，只为了让这改变开始。杉林之主的血与她的血融为一体，流淌至双角和足尖。改变发生得太快或太缓慢，以至于不能被察觉，就像你无法真正看到杉树的生长。她只能听到自己咀嚼着、吞咽着、呼吸着。她不知道，随着大君的心脏一块块地被吃下，祂的生命逐渐离开了原有的容器，并成为了她的一部分。最后，她仔细地舔净了手掌中的鲜血。馈赠不应该被浪费。

正是在那个时候，她的双角脱落了，静悄悄如树叶从树枝剥落。她知道，自己终于可以自由地离开杉林，因为她已留下了属于杉林的最后一样东西。同时，大君的躯体僵硬地倒下。地上的昆虫立刻嗅到了死亡的气味，用六条腿或八条腿缓缓靠拢。祂的时间结束了。

可是改变还没有停止。那一对现在不属于谁的鹿角像种子一样生出了根茎。它们扎入泥土,吸收着土中的养分和水分,然后像藤蔓一般生长、试探、缠绕,变得越来越粗。最终藤蔓缠绕成一棵树,从树干又延伸出分叉,分叉再变成更多的分叉,直到开始有了形状——手指、四肢、躯干、脖子。那是她自己的轮廓——人的轮廓——她认得出。然后,她看到了苍白的骨骼,还有从骨骼上长出的筋膜、肌肉、脂肪和内脏。血管蜿蜒地游走于每一处缝隙,但血管中还没有一滴血液。皮肤像一块块的青苔扩散开来,逐渐覆盖了整个躯体,生长出头发、牙齿、毛发和指甲,而褶皱变成了七窍、喉结和肛门。

那是一头与她看上去差不多的野兽。当她小心翼翼地上前观摩,却发现它是死的——不,还不曾死,因为它尚未活过。它的腹部和下身各有一条根茎连接着大地,与一棵树或一朵花没有区别。

还欠缺一点什么改变才完整——眼前的躯体才完整。她不知道需要什么,也不知道该从哪去找,但她知道自己能给予什么。她所能给予的即是她从父亲和大君那所获得的。于是她抽出猎刀,划破了自己的食指,将自己的血涂在躯体的嘴唇上。

她命令般地对它说:"以我之血。"

它双腿之间的根茎应声断裂,但仍残留了一截在身上。他——现在可以称这野兽为他了——慌张地睁开眼睛,就像从睡梦中忽然被人唤醒,打量他所出生的世界,以及面前的灰耳朵。他本能地想找个阴暗的角落躲藏,但腹部被另一段根茎固定在土地上,所以只能徒劳地一边摇摆身体,一边"哦哦呀呀"地喊叫。

灰耳朵感到厌烦。她在自己的身体上擦了擦猎刀,向他走近。当她仔细地端详,才意识到站在她面前的是另一个自己。

他的躯体来自她的双角,生命来自她的血液。他便是她的儿子。不,他不是。她在心里说。

她走近两步,几乎触及他的身体。他显得更为惊慌,发出的声音也越发令人烦躁。忽然猎刀被挥出,他能感到破空的刀刃贴着自己的鼻尖划过,然后从腹部传来一阵剧烈的疼痛。他的身体不受控制地向后仰倒,然后重重着地。

他与土地最后的联系被斩断了。

自灰耳朵的战吼使日夜颠倒以来,日光第一次照进了杉林,可能是黄昏,也可能是黎明——还没人来得及分辨。就是在那个黄昏或黎明中,她从他的身上第一次看见了自己的样子。怪家伙曾嘲笑她变化后的身体,因此她从来不敢在溪流旁停驻。如今,无论她的模样有多么不堪,至少有另一个人分享着她的丑陋。因此,当他狼狈地爬起来,战战兢兢地站立时,她看到的不是他,而是她自己。这就像她在一瞬间占据了他的意识,借着他的眼睛审视自身。

第一眼看去,她像一棵行走着的树,长而纷乱的头发是树冠,从头顶一直垂到她的腰间。还未完全熄灭的火苗偶尔会送来一阵气流,使她的头发纷纷扬起,遮蔽大半个面孔。还好这不影响观察她的真容。她棕色的瞳孔、长着雀斑的鼻子、被熊爪划破的丰腴脸颊、起皮了的嘴唇——她有一副人脸所该有的一切,但看着她,你仍然会以为在看一头野兽。有什么东西从未被驯服。

然后是脖子,两侧的锁骨随着肢体的摆动忽隐忽现。再往下是她的乳房,如两朵浪花缓缓在水面升起。她将它们耸得再高一些,以观察更多的细节——隐藏在皮肤下的青色血管,还有浪花顶端的初生罂粟。接着,目光扫过微微凸出的肋骨、平滑的小腹,最终来到一处繁盛之地。那里藏着连杉林都不知道的秘密。

她的身体看起来并不丑陋,至少相比怪家伙穷尽挖苦之词所描述的好看得多。事实上,当她凝视那些起伏和曲线,她产生了一种异样的感觉,好像她是另外一个人,想钻进自己白皙的皮肤,舔舐底下的肌肉和血管。当然,她已经在那儿了。

然后,她发现对方也在看自己,以同样的目光。事实上,正因是在对方的眼睛中发现了自己,她的欲望便是对方的欲望。那对鹿角为她生长出了一面镜子。从镜中映出的模样不尽真实,被扭曲得怪诞离奇,却是唯一的一面镜子。

即使在千百年后,她的子孙们依然只能透过他人的镜面认识自己。

有一双手抬起来摸她的脸。她几乎认为那是自己的手,但那双手不受她的控制。一开始带着好奇,从她的头发开始,慢慢移向鼻梁、嘴唇、下巴,再转了个圈回到耳垂。接下来被碰触的是她的身体——肩膀、脖子,乳房被捏住又松开——直到好奇转变成陌生的恶意。她的手永远不会那样触摸，至少在她的认知中还不行。他侵犯了一头野兽的领地，所以她必须制止，用猎刀——不，他还不该死——那么就用拳头。

于是那双不安分的手捂住了自己的鼻子。

"退开。"她压低声音，居高临下地说。她不确定她的威胁是否有用。

"退，退。"他顺从地重复她的话，"退。"

"站起来。"她命令。他站立。

"名字？"她质问。他不明所以地看着她。

灰耳朵迅速地端详了一下他的体貌特征，用手指着他，对他说："长眼睛。"

"长眼睛？"他似乎懂得这三个字的意思，小心翼翼地摸了摸自己的眼睛。

她指着他，再次说："长眼睛。"顿了顿，又指着自己："灰耳朵。"

他有了自己的名字。大君所赐予的变化终于结束了。天地之间再没有什么地方他们不能去往，也再没有什么地方他们不能离开。

不过，这一幕不是传说的终结——还有一双眼睛在杉林的至暗之所等待被允诺的报酬。

10

洞穴中间的火堆即将熄灭之时，野猪皮讲完了故事中最难以启齿的部分。烧成了木炭的树枝不再挥发浓烟，暗红色的火光释放着最后一点余热。洞穴中的时间变得异常迟缓，讲故事的人和听故事的人都沉默不语，就连靠墙而坐的小熊也察觉到了空气的微妙变化，压抑着自身的喘息。

"接下来呢？"铁箭棱用几乎只有自己听得到的声音说。

野猪皮一时不能理解他的问题：他想知道在故事中接下来发生了什么？还是他们接下来要做什么？这也可能是他的自言自语：我接下来应该怎么做？不管怎样，野猪皮只能继续讲完他的故事。

"断手后，我在剧痛中努力地保持清醒，用马鞍上的皮条和碎布做了简单的包扎，并用干净的雪敷住伤口。每个猎人都知道，寒冷能使血液凝固。尽管我很虚弱，但得趁其他发撒发现我们之前赶快远离。离开前，亚拓告诉我在西北方有一座被密林覆盖的山，只有在那里，我们才有机会挨过冬天。走的时候，他让我们带走了他的马，但并未向我道别。他知道我不想再与他相见，他大概也一样。

"灰耳朵眷顾我们，我们在一天后找到了亚拓说的那座山。那一路并不好走，如果不是他留下的马，我们可能永远无法到达。在山上，我们躲进了一处比这还大一些的山洞——幸好，住在里边的只有几只狐狸。过了几天，风雪稍缓，我才出洞打猎。离开前，我在洞口设下兽夹，以防你被野兽偷叼走。那里人迹罕至，野兽对人没有戒心，所以我很快猎到了一头小角鹿。在杀死它前，我磕磕巴巴地念诵了"以汝之血"，并想起了父亲第一次教我完成杀生礼时的场景；年少的我心里充满了疑惑，但那些疑惑又随着每一个步骤的执行渐渐消散。但我没空沉湎于过去——我必须找点能让你吃的东西。其实我完全不知道一个孩子除了奶还能吃什么，好在我看见了一头在山崖下躲避风雪的母黄羊。它的孩子不在身边——或许是走散了——但从它鼓胀的腹部我看得出它还能产奶。于是我把它领回了洞中。

"铁箭棱，那一整个冬天，你就是靠那头黄羊的奶活了下来。在山上的头几天，我会在岩壁上用木炭记录度过的天数，但后来我发现那是一件没有意义的事，时间不会因为被记录而流逝得更快。后来，我不再关注过了几天或几个月；太阳升起再落下，一天便又过去了。那是我能知道的全部。

"终于，当山上的积雪开始融化，我知道大寂静即将结束。于是我准备好了七天的干肉和羊奶酪，等来了一个无云的清晨，把你用一块熊皮包裹在怀中，骑马向西方启程。那是乌丹人的夏牧场所在的方向。我不知道要走多久才能到达部落的营地，只是预估乌丹人会在开春时回到夏牧场。

"很长一段时间里，雪原和天空之间只有我们两个人在赶路。白天时，天空好像蓝色的火焰，照亮了巨大但分散的云朵。我必须找出发撒的兜帽给你戴上，不然你会被雪地的反光刺瞎眼睛。到了夜晚，寒风迫使我们停下，在巨石堆的背后或小树林中扎营。有时连火堆都会被风吹灭，为了取暖，我们只好裹在一张大毛毡里等待天亮。

"天气不那么坏的时候，我会抱着你寻找鹿角星，以确认前进的方向没有偏差。鹿角星永远在正北方，与另外三颗黯淡一点的星星组成一个鹿角的形状——现在的你肯定能找到。在被星星占满的夜空中寻找它一点也不容易，而且你总是不太配合，用哭声干扰我的思路。好几次我只能放弃，尝试唱歌哄你入睡。可能是因为我唱得太难听了，你的哭声反而越来越响。后来我唱不动了，就只好数星星给你听。当然，星星是数不尽的，但那是我能想到的唯一办法。一颗，两颗，三颗，四颗，五颗，六颗，七颗，八颗，九颗……在我数到第二百颗前，你肯定会睡着。没有一次例外。"

野猪皮停下来，用力地咳了两声，似乎在调整呼吸。铁箭棱盯着眼前的虚空，仿佛在想象尚是孩提的他所看到的夜空。他应该对父亲说点什么——无论表达愤怒还是其他什么感受——但他发现心里什么都没有。此刻的他就像多年前坐在血泊与浓烟中的野猪皮，恐惧于自身的无动于衷。

好在野猪皮不打算停下来。他继续叙述他们的旅程：

"冬春之交，草原上的各个部落陆续启程，前往牧草即将生长的夏牧场。我们的同路人渐渐多了起来，他们之中有阿纳斯商旅，赶着马的苏库人，还有一些我叫不出名字的部落。或许因为温暖的日子即将来临，在荒野相遇的人们之间，互助取代了戒备（当然，我得脱下那件发撒的兜帽，并遮掩我残缺的右手）。一个苏库人看我只有一匹马，主动把他最好的马送给了我。如果没有他的馈赠，我们不会那么快地到达目的地。相遇时，他曾用阿纳斯语问我是哪个部落的人。因为东方的部落与阿纳斯人打交道，所以语言不通时往往以阿纳斯语交流，刚好我从发撒的阿纳斯人那里也学过一点。我愣了好一会儿，才回答：'我是乌丹人。'他听了后非常惊讶。他说曾听闻在遥远的西方有一个叫乌丹的部落也自称是鹿祖（他们对于灰耳朵的尊称）的子孙，而我是他见过的第一个乌丹人。因为我的回答有些迟疑，他调侃我说：'朋友，你离家很久了吧？连自己是哪个部落的人都不记得了。'"

铁箭棱心不在焉地听着父亲讲述路上的各种见闻。他已经知道了自己的身世，余下的故事他不再关心。可当野猪皮的讲述接近尾声，他依然能察觉到父亲的改变。他变得絮叨，事无巨细都要仔细描绘一番，似乎不愿早些结束讲述。他或许真的老了，变得跟夏木一样，总是沉迷于一些细枝末节，总要绕一个大圈子才讲完一件简单的事情。尽管这样，铁箭棱仍没有打断他。

"那个苏库人与我们同行了两日。在这段时间里，他向我描述了苏库人的'乌丹夏木'（他们叫《苏库哈布》）。他和我的阿纳斯语都不太灵光,所以很多情节必须通过手势和简单的图画传达。故事的细节我无法理解,但总有些片段我一看或一听便能猜到他描述的场景。比如当他画出一个长着尾巴的小人倒挂在树上,我便知道他说的是怪家伙。让我感到惊讶的并不是我们和他们有着共同的先祖故事,而是我们的故事与他们的故事之间的差异。"

他停了半晌,像是在等铁箭棱的提问。当听者仍不作声,他便重新沉入独白一般的叙述中,就如一位夏木念着无人能懂的祝辞。

"无关紧要的就先不说,比如灰耳朵吃掉的是她的兄弟而不是父亲。一个清晨,在启程前,他讲到了灰耳朵与大君之间的决斗。他画出一个拿着石头的小人——那是他们的鹿祖;又画出一个比小人高出三倍、双手长着利爪的动物——他们称大君为'不喝酒和不流泪水的王',多有意思啊。他磕磕绊绊地说了很久,我也迷迷糊糊地听了很久,终于明白,在他们的故事中,灰耳朵从怪家伙那里拿到的是一块黑石头。我不免觉得奇怪,灰耳朵怎么可能凭一块黑石头同大君战斗?他的故事也并不像在描述一场激烈的战斗,反而充满了你来我往的论辩。听好了,这一定是你听过最匪夷所思的故事。

"他是这样告诉我的:在决斗开始前,鹿祖炫耀自己的身体比'不喝酒和不流泪水的王'(就略称他为王吧)要大。王自然不服,于是他们决定比拼身体的三个部位:耳朵,牙齿,和心。无论是耳朵和牙齿,鹿祖都比不过王,但她坚称自己的心比王大三倍。为了证明这一点,她提议把各自的心掏出来看看。王用爪在胸口挖出了一个洞,掏出还冒着热气的心,而鹿祖从背后偷偷拿出怪家伙给他的黑石头。那块石头看上去与王的心脏几乎一样大,于是他们决定互换心和石头,各自量一下。当大君仔细地丈量着石头的大小时,鹿祖却把手中的心吞了下去。

"接下来与我们的《乌丹夏木》一样,失去了心的王倒地而亡,而鹿祖的双角先长成一棵树,再变成一个人(说到这时他在雪地上又画了一个小人,无疑是长眼睛)。然而那个小人的形象让我困惑。他把小人的头发画得很长,在脖子以下的位置画了两个夸张的圆形——那明显是女人的乳房。我打断了他,用蹩脚的阿纳斯语问:'女人?'他点点头。我更不解了,如果长眼睛是女人,她和鹿祖如何能繁衍后代?解释了半天,他恍然大悟地在代表鹿祖形象的小人胯下划出一条线。

"我明白了,在他们的传说中,灰耳朵是雄鹿,而从他的双角变化出的是一个女人。然后他画了一头长着角的鹿,又画了一头没有角的鹿,试着提醒我只有雄鹿有角。你明白了吗?他们所知的鹿祖原来是一头小角鹿,而不是我们的灵兽大角鹿。他似乎完全不知道这世上有一种雌雄都长角的鹿。"

伴随着噼啪声,从余烬中冒出几粒火星。大概是木柴上残留的最后一点树脂被点燃了。野猪皮像一个刚在草丛中发现新奇昆虫的孩子,努力地还原他所看到或听到的每个细节。这些记忆与愧疚一同被压制了十五年,也随着愧疚一起被放出牢笼。

"就是这样，我知道同一个故事在不同人的口中能变成两个故事。那么，我应该相信哪一个才是祖先的真实事迹呢？我该相信是雌性的灰耳朵得到了大君的馈赠？还是雄性的鹿祖骗取了王的心脏？在听完他的故事之后，我的确想告诉他：我们的《乌丹夏木》保留的才是真相。但我凭什么那样告诉他呢？关于灰耳朵的故事，甚至没人能说清楚发生在多久之前，我们只知道是她——或他——把故事告诉了长眼睛，而长眼睛把故事讲给了他们的儿子黑耳朵，后来黑耳朵把故事告诉乌，乌告诉了他的妹妹丹，丹又在三百年后在梦中讲给了第一个夏木，利齿。没有什么能证明故事发生过的东西流传下来——比如灰耳朵与大君搏斗时所用的长矛和猎刀。那一天在路上，我和我那个好心的苏库人谁都没有说话。第二天，我们在一个岔路口互相点了点头，然后朝不同的方向各自远去。

"我带着你又走了三四个夜晚，终于看到了乌丹人的毡房。从毡房的方向传来了用我们的语言唱出的牧歌。那一瞬间，我的心中只有快乐。在发撒的日子仿佛只是一场噩梦，而梦终于醒了。但在我准备下马、卸下行囊时，那把铜烟管从行囊中掉了出来。它是那段经历的物证，看到它我便不可能忘却，在发撒留下的右手远远不足以抵消我曾犯下的过错。铁箭棱，你知道我为什么经常拿着它看吗？因为在内心深处，我知道我不应该忘记，不应该获得安宁，为了那些被我杀死的人，为了你的父母和族人。或许只有当我承受了足够的煎熬，我才有资格在不归之河的岸边骑上白鹿。"

野猪皮终于停了下来。一直保持沉默的铁箭棱变得更加沉默。

在他刚学会骑马时,有一次在疾奔的马背上没握紧缰绳。当缰绳脱手,他才意识到自己被抛向半空中。在一个很短的瞬间,他分不清哪一边是天空、哪一边是陆地,就像被一阵风托着身体,不被束缚,不被保护。他就像曾在杉林中尽情奔跑的灰耳朵,身体即将长出翅膀或四分五裂。他当然也记得在那个很短的瞬间结束后,屁股着地的疼痛,以及之后持续了一个月的一瘸一拐。

现在,他感到一直紧握的缰绳又被松开了。那根缰绳捆绑他的同时也定义了他。火堆的残烟引导着他的眼睛看向未来,但他又不能辨认他所看到的(过去之身汝耶?现在之身汝耶?夏木在他耳边,用苍老而浑浊的声音说)。他仿佛长出了大角,不安地等待改变的开始——在暴风雪中的雾地,在黑暗但温暖的山洞中。

怪家伙的自白

自它有了实体，每当觉得孤独，它就会穿过刺莓最茂盛之地，来到杉林的心脏。那里有着绝对的、永不褪去的黑暗。没有比那里更安静的所在，地上和树干上遍布着一种特殊的苔藓，它们能把最细小和最强烈的声响吸收殆尽。如果大寂静在那里降临，也只会形成一阵无形无声的漩涡。

这就是为什么怪家伙会特意穿过那些密集的刺莓。只有在确定自己的声音不被任何人听到（包括他自己）时，他才愿意说出心底的愿望或抱怨。在那里，即使是无所不知的杉树，也无法得知他说了什么。

在灰耳朵前去寻找大君后，它又一次来到了杉林的心脏。在永不褪去的黑暗中，他开始诉说：

我终于能开口了。没有谁能听得到，对吗？我相信一定没有，否则我又何必扒开那堆讨厌的刺莓？不过，我还需要一个听众。我的听众不仅应该保持耐心和沉默，最最重要的是他不应该存在——当我的嘴唇紧闭时，他应该与我的语言一起消失。

你——就这样称呼这个听众吧——懂我在说什么吗?

首先,今天是一个值得庆祝的日子,因为我的老对手倒下了。自我们共同来到这个世界以来,他没有一刻不曾陪伴着我,同时与我为敌。可以说,他是我真正的心腹之患。

这话说出来你或许不信,我已经有一千年没见过他了。什么?我自相矛盾?看来你还是不太理解我在说什么。谁说陪伴一定要相见呢?即使我们相隔整个杉林,我也能感知他的一举一动、一思一想。这才是世上最亲密的陪伴。

我承认我们之间的关系有些微妙,但肯定不能用朋友来形容。这不取决于我或他的个人意愿,而是因为我们生来的秉性就针锋相对。他刚强、光明,统御着杉林内的一切生灵,而我柔弱、阴暗,蜗居在一棵树上,只在日暮后、黎明前现身,与杉林内的亡灵交谈。我们不必相见,但只要他还活着,就提醒着我:世上原来有那么多事物与我格格不入。对于他而言,我的存在也一样。正因我们心意相通,才无法从这种仇怨中逃离,而且在过去几十万年里的每一天都在加深。

我们当然尝试过消灭对方,好一劳永逸地解决问题。在最初的两万年里,每一天我们都在为这个目标而努力。他比我更高大、更强壮,有更锋利的爪;我的脑袋更灵活,懂得制作恶毒的陷阱和工具。虽然有那么几次,我们中的一个几乎成功,但很快很快——可能还不到一万年的时间——我们意识到谁也不可能杀死对方。

你问为什么?不妨试想一下,你该如何杀死一个与你心意相通的敌人？你的每个杀招，他都知道如何躲避；每一个你制造的假象，都会被他识破；你采摘一朵红色的蘑菇时，他已知道毒箭将布置在哪一棵树背后。以力量取胜的他面临着相同的困境。只要他抱着杀心迈出洞穴一步，我就已逃往他永远不能触及的树尖，在他陷入沉睡后才回到地面。在睡梦中杀死他吗？不好意思，每当一个威胁到他生命的念头从我心中生起时，他便会立刻睁开眼睛，重复以上的循环。

知道谁也除不掉谁，我们仍然习惯性地持续了一万年的争斗。直到有一天，我的老对手开始变得不一样了。他不再想杀死我了。在躲避我那些精妙但徒劳的陷阱时，他丝毫不想报复甚至反击，而只是本能地脱离危险。他也不再主动寻找我，大部分时间独自躲在洞中，或坐在一棵没有鸟鸣的树下沉思。他思考的问题有很多很多，但对我来说都是些无关紧要的东西，比如：从一颗种子长成一棵树需要多久？是先有鸟还是先有鸟鸣？杉林中存在过多少棵树？有多少棵树在一起能被称作杉林？想着这些问题，他会在树下停留很久。

这变化一开始让我感到恐惧，因为我以为他有了隐藏自己心思的秘诀。在穷极无聊的问题背后肯定隐藏着什么阴谋，连最擅长诡计的我都无法看透。不过我的恐惧经不起推敲。诡计对他而言是一种不能被理解、散发着恶臭的东西——无论如何都不会碰触。

那就有些奇怪了。我依然能察觉到他每时每刻的想法，但我无法理解，更想象不出他所渴求之物。他是杉林中所有生灵的王者，每一棵树听闻他的名字时都会折腰而拜，他还想要什么？不是永生——我从他的叹息中至少得知了一点——他并不热衷于一直活下去。他要获得的东西肯定更有价值，是我还远不能理解的事物。

终于有一天，他自言自语时说的一句话给了我一点启示。在开口前，他已经坐了很久，各种苔藓和花草覆盖了他的身体。一头母鹿跪坐在他身边，摘取着他腹部生出的菌菇；一只鸟飞到他头上，仔细地啄取草间的蠕虫。鸟的动静使他从沉思中脱离。他睁开被一对甲虫所覆盖的眼睛，用野兽的语言对鸟说：

有翅膀的你也无法离开。

那句不着边际的话一定隐藏了什么含义。要离开哪儿？为什么要离开？抑或是一句暗语？"有翅膀的你"所指的并不是那只鸟？

鸟被吓走了。它显然也不明白他想表达什么，也没兴趣问个清楚。我只能自己来推敲。一开始，我也找了一棵没有鸟鸣的树，然后坐在树下沉思。但我发现了一个问题——无论坐多久，我都无法像他一样专注地思考。从我的脑子里蹦出的各种念头——"昨天吃的果子太酸了""今年的气候与三百年前一样"，等等——不断干扰我进行有逻辑的分析。连我的身体也无法维持片刻的静止，总要摇摇尾巴或抓一两只毛发下的虱子。哦对，多动和不专注也是我本性的一部分。

在我绞尽脑汁但无法得出任何可信的答案之时，他却自己告诉了我。在一个夜晚,他特意经过我沉思的地方。我能听到他的脚步声,但还未来得及从刺莓丛一般的思维中挣脱。我知道不需要防备他——他已经三千年没想过要杀我了。走到我的身边时,脚步声停顿了一下,他用野兽的方式对我说:

我想去没有杉树生长的地方。

我疯狂地笑了起来。他一定是疯了。原来他一直所想的只是离开杉林。可谁又能确定杉林不是全部而且唯一的世界呢?即使在杉林之外真有一个世界,他又怎么知道那里会比这里好呢?难怪我不能理解他的想法,因为这个想法本身就没有任何意义。

当我终于抑制住了笑声,准备嘲讽几句时,却发现他已离开。我知道他回到了自己的洞中,再次进入九百年的长眠。睡眠对于我们而言不是必需的,所以我一直不明白他为何要睡那么久。在那之后我终于知道,睡梦不过是他用来满足愿望的幻觉。

只有在睡梦中,他才能假装有一个杉林之外的世界。你见过躲避狐狸追捕的兔子吗?走投无路时,它会将自己的头埋进一团灌木中,欺骗自己有一个地方可以逃离。看来我的对手并不比兔子更勇敢。

说来奇怪,自那天开始,我的生活有了新的目标。虽然我无法除掉他,但我仍然可以成为这场斗争的胜利者!或许我能向他揭示"杉林就是世界的全部"的真理,让他尝尝幻灭的滋味。

那么，如果杉林之外真有我们谁也没到过的世界呢？那就更好了。想想看，如果是我——而不是他——完成了他日夜苦思的心愿，对我而言不更是一种胜利吗？至于杉林之外有什么，我一点也不关心，我只想完成他所无法完成的。对他来说，那无异于被夺走了存活于此的意义——那不是比死亡更悲惨的失败吗？

想着想着，我变得快乐了起来。有生以来第一次，好像有光照亮了我眼前的黑暗。

当我确认他已熟睡之后（这样他就不会偷听到我的计划），我开始向杉林提问。他们是无所不知者，如果有谁知道外边的世界，那必定是他们。好不容易等到了一阵风。首先，我问他们杉林是否有边界。我收到的只有沉默。那样的回答非常罕见，因为沉默意味着他们也不知道答案。可别忘了，他们是无所不知者——任何问题他们都能够回答。那么只有一个可能，我所提的是一个本来就没有答案的问题。这是一个既有边界又没有边界的地方？还是边界对他们来说是一个不存在的概念？我没兴趣弄清楚。

我准备的第二个问题是：我如何离开这儿？但如果第一个问题都没有答案，那这个问题还有意义吗？不管了，我焦躁地喊出那个问题。杉林犹豫了一下，竟然给出了答案。

他们告诉我在杉林的某处，白昼与黑夜相交时会出现一棵"不可攀"之树。在树的顶端结了两颗青色的果子，当其中一颗果子被吃掉，另一颗会马上成熟，变成红色。青色的果子不仅酸涩无比，而且吃下后会变成一个会说话的影子，永远徘徊在那棵树下。但只要吃下变红的果子，我就能离开这里。

太阳正在杉林中撒下最后的余光。还没等他们说完，我就抓着树冠与树冠间的枝干，荡向他们所说的位置，比任何一只鸟都快。你知道吗？只有我能以这种方式在杉林内穿行。

白昼与黑夜相交时，我找到了那棵奇怪的树。我迫不及待地向上爬。爬树是我另一个无人能及的技能。我拥有尖而弯曲的指甲，它们能够利落地刺进树皮，支撑我向上跳跃。连杉林中最敏捷的松鼠也曾是我的手下败将。我本十分确信，在我的呼吸变得急促前就能找到那两颗果子，但直到两个夜晚后，我才意识到有些不对劲。随着我的攀爬，那棵树也在不停地生长。换句话说，就算我爬到整个杉林灭亡的那一天，也不可能到达树尖。

伴随着狂风，我咒骂杉林对我的戏弄。直到我上气不接下气，他们才悻悻然地道出之前被我忽视的另一半答案。要吃到果子，我必须等待一头能听懂杉林之语的四足之兽。只有它能爬上"不可攀"之树的最高处，摘下那两颗果子。我可能要等很久——或许一两天，或许一两万年，或许二十万年。

咬牙切齿地听完后，我反而平静了下来。等待对我来说一点也不困难。我和我的老对手拥有这世上所有的时间。我只须等那家伙找到这儿，哄骗他爬上树吃掉其中一颗果子，然后把成熟的果子扔给我。

这一等就是三十万个夜晚。我不敢离开片刻，只怕错过了短暂的机会。要找到那棵树并不容易，必须于白昼与黑夜相交时，在树下的三岔路口等待。在其他任何时候走入这个路口，都会永远迷失在不可解的歧途中。

不过那个长着灰耳朵的家伙最后还是出现了。那天我刚刚饱餐了一百只鸟的心脏，正准备打个盹，她正好来到了树下。看到我，她露出一副惊恐的样子，看上去与其他的鹿没有什么不同。我不懂杉林为何要我等这样一头愚笨的野兽。

但很快我就发现了她的特别之处——她能听懂我的语言。没有一头我见过的野兽可以做到，但她可以。她很好骗，一听到我要请她吃果子，就乖乖地把前脚搭上了"不可攀"之树。我以为她肯定能按照约定，把变红了的果子丢给我。至于她会变成什么样，就不是我能管的了。

让我担心的是，笨拙的四脚之兽怎么爬得上连我都曾半途失败的树？接下来我所目睹的打消了我的疑虑。她的身体随着树干一起拉长，甚至比树干伸展的速度还要快。当她的头终于到达树冠——从树下看只有一粒榛子那么大——树干和她都停止了生长。我有些恐惧，因为现在的她是我见过最高大的野兽，甚至比我的老对手还要高几百倍。我真的能控制得住她吗？不祥的预感从我的内心升起。

吃下一颗果子后，她通体变得漆黑，用比雷还响的声音抱怨果子太酸。我知道她的变化即将开始，催促她把另一颗果子丢下来，但她竟然开始与我讨论果子的酸甜。从来没有一头野兽在乎什么甜的或酸的，只要它们能填饱肚子，就都是好果子。压制着怒火，我用比云雀还甜美的声音恭维她、说服她。可是这个家伙已经发狂了，像一头闻到血腥味的狼，一口把我的宝贝吞了下去。

接下来发生了什么我也不太清楚,只知道整个杉林瞬间从黑夜变为白昼,再从白昼变为黑夜。等我恢复意识,长着灰耳朵的家伙已不知所终。

三个夜晚之后的破晓,一头用两脚走路、全身光秃秃的野兽来到了我的树下。如果不是那双大角,我不会马上认出那野兽就是她。她的形体与杉林中的任何一种野兽都不同,全身充满着混乱与矛盾,除了美丽的鹿角,每一个部位都丑陋不堪。那是一个比我这个异类更为怪异的动物,杉林的谐律被她的诞生破坏殆尽。我甚至开始庆幸自己没机会吃下红色的果子。

从交谈中发现,虽然她的身体起了变化,身体里装着的仍然是一颗愚笨的鹿心。她竟然完全不知道自己变成了什么样子。你不觉得可笑吗?她甚至不会在溪水中照一照。不走运的是,我的嘲笑惹怒了她,于是我被死死地按在一棵树上。从来没有谁能让我如此害怕,包括我的老对手,因为我能感觉到,她真的能杀死我。同时,我有了一个模糊的念头:她能杀死我,也许就能杀死我的老对手。

后来她因饥饿离开了,去寻找我告诉她的"血和肉"。我变得忧心忡忡,倒不是因为担心其他野兽遭受杀害,而是担心她会带来整个杉林的覆灭。如果杉林是世界的全部,那就将是世界的覆灭,也将是我的覆灭。

几天后她又找了回来。她显然正在渐渐适应自己的新身体，不再以四脚着地的方式行走。另外，从她的身上开始散发出猛兽的气味，看来她已寻获了血和肉。哈哈，难道她不该感谢我吗？是我提醒了她作为捕猎者应该做什么。苔藓和蘑菇是猎物才吃的东西。

她还未开口，我就知道了她的来意。她与杉林的对话，我早已得知。看来她与我的老对手一样，变成了一个想离开杉林的疯子。

当时，我丝毫不相信眼前这个瘦弱的家伙能打败我的老对手。世上没有人比我更了解他的勇猛。除了注定不会被他杀死的我之外，他吃掉过无数曾挑战他的猛兽，有的你或许熟知，有的在上古时就已消失。我敢说，如果没有我的帮助，她的脑袋会很快被我的老对手咬下来。

另一方面，我对于她又不得不抱有戒心。万一她尝到了胜利的滋味，不愿离开杉林怎么办？她既能击败大君，就必定能杀死我。那可不是我想要的结果。因此，作为帮助她的条件，我要求她留下她的鹿角。鹿角是她与杉林最后且唯一的联系，没有了它，她就不可能再返回这里。她不是想要离开吗？离开，就不要再回头。

而且，我想得到那双威风的大角。第一次看到那双角时，我就幻想自己戴着它登上树王的遗骸。该由我掌管这里了！戴着我的王冠，连大君都不会比我更像一个王者。

她立誓遵守我们的契约之后，我进入了树王遗骸的深处。那里藏着我所有才智的结晶。在很久很久以前，我曾梦见自己拿着一根尖利的棒子追杀一头长着獠牙、巨大无比的猛兽——

梦中的我比我的老对手更为勇敢和强壮。杀死猛兽后我用一块锋利的石片分割了巨兽被长毛覆盖的尸体。醒来后，我按照梦中所见制作了尖棒和石片，并称它们为"矛"和"刀"。我曾幻想用它们刺穿老对手的胸膛，再割下他的头颅。虽然在我手中它们无法完成使命，不过现在终于有人能够使用它们。我很欣慰。

要不要猜猜战斗的结果？你恐怕和我一样会大吃一惊。虽然是我的老对手胜了，但又怎么样呢？他是一个把自己心脏挖出来给别人吃的疯子。没有一棵杉树能告诉我他为何要这么做。还有很多事杉林都没告诉过我，比如我们为何一同在树王的遗骸内出生？既然我们是兄弟，又为何么不同？

不管如何，我的兄弟已经死了，我感到有些孤独。不过我听说，孤独是一个王者必须忍受的不治之症。

在我来到这里前，灰耳朵刚刚吃下他的心脏——不知道这次她会变成什么样？

该到她把王冠给我的时候了。

第五章 洞外

1

大寂静在他睁开眼睛的瞬间停止了。

风不再搅动空气,夜空中更没有一片雪花落下。如果不是地上的积雪,他大概会以为片刻之前的天候不过是假象——与这里的路途一样不可轻信。高耸得看不到顶端的巨树仍在缓缓摆动,发出清晰而疏落的倾轧声。那让他想起人类悄声交谈的声音。

有什么变得不一样了——他知道,但就如这趟旅途的意义,变化蛰伏于某个他还不知道的所在;他还知道,这里不再只有他自己,而且他的存在也被他者所感知。他再一次被窥视着,但那是不带恶意的窥视。对方大概一直独居于此,没料到一个外来者会在今夜闯入。对方一定好奇但审慎地打量着他的皮毛,用鼻子探寻异样的气味。这样的观察对于他并不陌生。在被带往人类的群落之前,孤独地生存了一整个冬天的自己也曾在暗处观察一群路过的同类。那时,他既不想邀请他们多停留片刻,也不打算加入他们。

此间的主人恐怕也不愿他停留太久。

从头顶的枝叶中传来一阵骚动。看来窥视者不再刻意地隐蔽自己——与其说为了现身，不如说为了更近地观察他。动静像冲向岸边的海浪一样渐渐迫近，直到一条细长而弯曲的尾巴从他头顶垂落。窥视者的大部分身躯仍隐藏在枝叶之后，但对于嗅觉和听觉灵敏的野兽，那无异于面对面的直视。

尾巴在他眼前不安分地摆动着，让他想起草原上的沙蝇。他很想一口咬住它——像咬住一条缰绳——但那肯定不算一个友善的行为，特别是在他们真正地照面之前。然后，是指甲抓挠树干的动静。它走出了枝叶与夜色的掩护，来到被雪映照着的空旷中。

如他所料，它的模样与它的气味一样怪异：皮毛像狐狸，尾巴像猫，而脸孔、四肢和眼睛不像任何一种野兽——这些部位的特征反而让他想起人类。对了，只有人类才懂得弯起后腿蹲坐。他曾不止一次见过，每当日落，他们会坐在那些由他们自己搭建的洞穴前，望着西方，姿势与眼前的它几乎一模一样。因此，他只能猜想它是人类的一种，或至少是人类的近亲，就像驴是马的近亲。说不定从它的口中也能发出一串复杂的音节，来命令他前进、后退、快些、慢些。

不过树上的它更习惯于用肢体，而非语言进行交流。正当它谨慎地伸出几乎能被称为手的爪子，去触摸他的头顶时，一根针叶落到了他的耳朵上；他甩了甩头，它的手缩了回去。如此这般试探了几次，它终于摸到了他的脑袋。在那一瞬间，它的瞳孔变得更圆、更大了，像发现了一种稀有的果子。

首次接触之后，它变得敢于尝试，一会儿在树上，一会儿在树下，变换着角度来研究眼前这头四足之兽。从他的鬃毛到散开的尾巴，无不曾被抚摸、摆弄或拍打。如果通过手不能了解更多，它会凑上去深深地闻一下。气味能穿透厚实的皮毛，助它窥探底下的血肉。

同时，客人也更全面地了解着主人。现在，他能确定它不是人类。它能用两条后腿行走，但行走时不得不偶尔用前爪支撑地面。在树上时，它又比人类灵活得多，能够抓着树枝借力，轻而易举地将身体甩向另一根树枝。大概树冠才是它感到最舒适的所在，就像他的四蹄本应在平坦的草甸上健步如飞，而不是在崎岖的林径上磕磕碰碰。一定是因为他这个意外来客，它的脚掌才屈尊踩上冰冷的雪地。

经过摸索和试探，他们之间已称不上陌生。它发现，他全身上下只有耳朵是灰色的，左腿有一道被尖石划破的伤口，右边的臀部有一块癣——实际上那是被豺咬伤后留下的疤痕，而它那对长得像桃子的屁股也给他留下深刻的印象。纵使多年后他们在另外一个地方相遇，多半也认得出对方。

那么，满足了好奇心之后，他们应该做什么？是就此分离，还是一同找些吃的？这里稀疏的灌木已被雪覆盖，而被它当作美味的坚果对他而言难以下咽。是时候继续前进了，他踩了踩雪地。不过，它似乎还不满足，坐回树干上，居高临下地盯着他，索求着什么。可是他一无所有，就算献上自己的血肉，它也必定不接受——从它身上闻不到捕猎者的气息。

它开始变得焦躁，在树干上来回徘徊，不停地抓挠耳朵。他也本能地感到不安，向后退了一步。看到对方退缩，它张开了嘴，露出狼一样的獠牙，发出一声尖利的叫声——那一点也不像人类细碎、温柔的语言。不过，他反而不再害怕了，因为从某个角度看，它现在的模样与人类不无相似之处。

与人类一同生活时，除了见过他们依靠语言相互倾诉爱意，他也曾目睹他们之间的争斗。争斗时，他们的眼睛会充满血丝，呼吸变得沉重，面部肌肉紧绷起来；除了獠牙和叫声之外，一切都与它此刻的样子如此相似。大部分时候，人类会控制自己的愤怒以恢复平日的松弛状态，甚至会在事后刻意地压低嗓音以示歉意。因此，他有理由相信它最终也会平复下来。

这时，它好像注意到了什么，直勾勾地盯着他的脖子，一副野兽准备扑向猎物的姿态。还好，它不再显得愤怒，而是近乎胆怯地走向树枝的末梢。随着树枝被它的重量压低，它的手正好够到了他的脖子。它轻柔地摸着他颈部的皮毛，像在安抚一只幼崽，又像在接近一个渴望已久的宝物。他明白了，原来对方一直想要的是那个从来都不属于他的草环。他仍然记得，被套上那团杂草的下午，是他最后一次见到小矮子。暖洋洋的马厩中满是求偶的气息。终于，它抓住了一直套在他脖子上的草环，在他的配合下，缓缓滑过他颀长的脖子、脸和耳朵。

不知不觉，黑夜和白昼将再次交替，他们也将再次分别。在他离开后，它双手捧起草环，套在了自己的头顶。一对形似鹿角的枝桠高高竖起，完美得严丝合缝。

终于，它看起来像是一个真正的王者。

2

在最后一片鹿肉被吞下时，小熊的母亲仍未归来。铁箭棱和野猪皮皆无食欲，反而是小熊吃掉了他们携带的鹿肉。最开始，它只是偷偷地靠近有肉香散发的行囊，但不敢擅自伸爪。后来大概看他们各自沉浸于思考，它的胆子大了些，爪子一点点地探入，摸索着袋内的杂物。在任何声响都被放大的洞中，那样笨拙的偷窃不可能不被察觉，但当它发现铁箭棱只是冷冷地旁观而不制止，便再无顾忌。一番摆弄后，皮袋被解开，打火石、大鞋子等杂物被倾倒一地。这几片鹿肉远远比不上平时母亲带回的获猎，却是几天以来唯一能入口的东西。更好的是，它似乎被允许独自享用。即便母亲在时，独享的机会也很少；它已夭折的哥哥会吃一些，母亲再吃一些，最后才轮到它。

小熊舔舔地上的鹿血，不满足地发出一声低吼。在冬眠之前，它必须吃得再饱一点，否则一旦入睡，它将永不会醒来。

乌丹人常说：风停之后，草下的石头才会显现。在沉寂了许久之后，铁箭棱才能够思考野猪皮的故事。首先被证实的是他的猜测：自己的母亲不是乌丹人。但故事所揭示的远不止于此。按照野猪皮的说法，连他的父亲都来自东方。这意味着在他体内流淌着的血没有一滴来自那头化身为人的母鹿；不是灰耳朵的血脉，他就不再是一个真正的乌丹人。

那么，接下来有很多问题需要被回答。比如他是否该回到乌丹人的部落？即使他回去了，她又是否愿意与一个外族人共同搭建毡房？还是说他应该独自向东，去往不属于他的故土？而那里的人能否接纳他？……最终，这些问题只能像溪流般被他轻易跨过。他决定不去回答此刻无法回答的问题。

不过，这总算解释了他一直以来的困惑——难怪他会质疑《乌丹夏木》中的传说。或许，只有灰耳朵的后人，比如夏木，乃至春猎时与他一起猎鹿的同龄人，才能够发自内心地相信灰耳朵的伟大事迹；死后，只有他们才有资格在不归之河的岸边骑上白鹿。

然而，即将到达祖先的杉林的却是他，一个血统上的外族人，以及野猪皮，一个曾经成为狼种人的乌丹人。

还有一个问题他怯于面对，但无法搁置，那便是他与野猪皮的关系。知晓了身世后，他知道自己对于野猪皮不无怨恨，而且这种怨恨来得理所当然。

在乌丹人的习俗中，吃掉一匹母马，再去驯养它遗留的马驹是对于祖先最大的亵渎之一。那不仅因为食用马的血肉破坏了灰耳朵与马之间的盟誓，更因为如此一来，那匹被人类养大的马驹将在谎言中长大。当它为食槽内的谷物而欢欣鼓舞时，它不知晓它的母亲曾被蒙上眼睛，带往手持猎刀的人类身边；

当它与人类的孩子相互摩擦脸颊，它不知晓母亲曾被捆绑四蹄，脸颊摩擦着地上粗糙的沙砾；奔跑时，主人会温柔地帮它拭去脖子上赭红色的汗水，可它的母亲曾被猎刀划开脖子，使比汗水更温暖的鲜血洒向它蹄下的青草。或许那个吃掉它母亲的人类会辩驳说：难道它没有被喂以最好的草料和谷物？难道冬天时它的马厩内没铺上温暖的毛毡？难道它所佩戴的辔头和马鞍没有垫衬柔软的皮革？难道它不被允许在草甸上自由地玩耍，直到我不得不在黑夜中赶回家里的火塘？

可如果它不知晓，所有的欢愉和舒适只不过是欺骗，一如雾地中的迷障。一日它不知晓，一日它就不能脱离幽闭，知晓自己为何而生，而"知晓"是至善的灰耳朵所有荣耀的源泉，也是利齿第一次吟唱《乌丹夏木》时就遗留给子孙的遗产。

尽管不能确认铁箭棱的生父或生母是否死于野猪皮之手，但野猪皮作为劫掠者之一的事实不可否认。那么，野猪皮是否应该背上比杀死母马、驯养马驹之人更重的罪责？而他，那个被人类养大的马驹，应该怎么做？

"木息的气味停留不了太久。"野猪皮说。他的意思是：你得准备出发了。讲述结束后，他又变回了一个寡言的中年人。尽管他说得很轻，小熊还是被吓了一跳，稍稍远离已不剩一点肉渣的行囊。

"你原本打算什么时候告诉我？"

"自你学会背诵'天地之始不可说'开始，我就想告诉你。"

但你没有。铁箭棱没有说出口。野猪皮不需要被提醒。

"如果我知道怎样做一个更好的父亲，我肯定不会等到现在。但铁箭棱，我带你回到部落的时候，还只是一个不到二十五岁的年轻人。跟着部落中的女人，我勉强学会了照顾你的生活，但没人教过我该如何与一个孩子交谈。也曾有人建议我找一个女人，让你能有一个母亲。可是我不能那样做，因为多年以来，在梦中我还是会回到那个燃着篝火、飘扬着歌声却被我们屠戮殆尽的部落。没有女人应该与这样的人从同一个碗中饮血。所以，我只能独自养育你，尽管除了温饱和狩猎技能之外，我什么也给不了你。我不停地提醒自己，在你接受熊赐之前，我一定要告诉你一切，因为只有认识你自己是谁，你才能真正地完成熊赐。但一晃眼，你已能独自爬上马背，拉开弓射中一只兔子——那天我是多么骄傲。接着，在我的惊慌失措中，已经到了你举行熊赐的日子。我等候的时机已经错过了，现在我要坦白的对象不再是一个孩子。"

"那为什么选择在这个时候？"

小熊再次发出饥饿的叫声。鹿肉在它的胃中被消化殆尽。

"铁箭棱，这不是我作出的选择。或许你不相信——像你这么大时，我也不相信这些事——但或许这是灰耳朵的意愿。你记得吗？遇河则渡，遇洞则息。渡过不归之河的时候，我在昏迷中似乎理解了夏木的预言。如果那真是来自祖先的启示，可能灰耳朵不是在指引我们如何找到你的马，而仅仅是在引领我们到这个地方，助我们完成未了之事。当鹿笛似的风声把我们引到了这个洞穴时，我更加确信这是灰耳朵的安排。而我的未了之事，就是让你知晓你未曾知晓的。"

铁箭棱摇摇头，回答说："我身上流着的甚至不是灰耳朵的血。她会给我启示吗？"

"你的问题应该让夏木回答。"野猪皮思考了一下，继续说，"但从发撒回到部落后，相似的问题也困扰着我。像亚拓和我这样的人，还是灰耳朵的子孙吗？还能得到她的庇佑吗？或许你会说，我们的血肉来自她的血肉，因此无论我们身处何地或者做过什么，都仍然是她的后人。但灰耳朵的血和肉又来自哪里呢？最初无疑来自她没有姓名的父母，可自她吞下'不可攀'之树的果实，就已脱胎换骨。后来，大君又成为她血肉的一部分；而且，如果不是她的双角化成了新的血肉，她又如何繁衍后代？如果她和长眼睛的儿子没有与西方的狐女交合，又怎么生下乌和丹？孩子，从一开始，祖先的血和肉就不是单一不变的。你能说大君的血不是灰耳朵的血吗？你能说仅仅因为我生在乌丹人的部落，就一定流着她的血——就永远受她庇护吗？"

铁箭棱反问："如果不是血脉，是什么让一个人成为灰耳朵的子孙？"

"你记得利齿是如何学会《乌丹夏木》的，对吗？你一定记得——那是你第一天跟夏木学习时她所讲的内容。那天我偷偷地坐在她的帐外看着你，所以记得特别清楚。在乌和丹死了三百年后，已经没有人记得祖先的故事，所以丹在一个放羊的少年打瞌睡时进入了他的梦，并讲述了灰耳朵的事迹。少年醒后，为了不让自己忘记，就用牧羊时哼的调子唱出了他在梦中所听闻的故事。在祖先的语言中，'夏木'有'牧歌'和'歌者'两种含义,所以'乌丹夏木'就是'乌和丹的牧歌',而传唱牧歌的人被我们称为夏木。你想一想,在利齿醒来前,丹对他说了什么?"

"知我言者,乃我血肉。言我言者,乃我血肉。"铁箭棱不假思索地回答。

他的确记得首次听闻这个故事的那一天。那是他第一次进入夏木的毡房学习。他甚至能回忆起毡房中潮湿的木头味,还有夏木布满褶皱的脸。或许那才是他难以接受《乌丹夏木》的根源——你如何让一个刚学会纵马驰骋的少年人去喜爱一个老太婆所讲的故事?他当然也记得,即使隔了层厚厚的毡墙,他仍然能听到被父亲压抑住的咳嗽声。

回到家中的火塘后,他没有说穿——只要父亲不知道自己的窥视被发现,他就比父亲多知道一件秘密。

"夏木并未向你们解释这一句,对吗?在她教我背诵这一段的时候,就不曾解释。当然,每一个孩子都期盼着能早些离开她的火塘,好去草甸上跑马,因此几乎没人问过她这个看似不重要的细节。长大后同其他人一样,在荒野中遇见我们的族人时,我会说'知我言者',而对方则回答'言我言者',但我从没细想过丹为何要对利齿说这句话。是亚拓使我理解了它真正的含义。亚拓说过,不知道《乌丹夏木》的人,还是乌丹人吗?铁箭棱,你现在理解了吗?无论是那个放逐者,还是在利齿梦中的丹,都是在说:只要你还知道《乌丹夏木》的传说,你就是灰耳朵的血肉;只要你还吟诵《乌丹夏木》,你就是灰耳朵的血肉。"

铁箭棱点点头。其实他不完全懂得野猪皮的回答，但他意识到，纵然身上流着灰耳朵的血液，他的同伴们也不比他更像一个乌丹人。与他一样，其他人也会在夏木祝祷时假装跟随，或在杀死猎物前忘记念诵以汝之血。"是什么让一个人成为灰耳朵的子孙？"——没有一个人能不带疑虑地回答这个问题。

还有一个他更不敢碰触的疑惑。但因为任何旁敲侧击都无补于事，他只能以最直接的方式询问。

他依赖洞口的微光看着野猪皮，问："我应该视你为父亲吗？"

小熊因饥饿而变得焦躁不安，不断地用爪子扣着坚硬的石壁。再饿一点，它就会忍不住攻击带给它鹿肉的两个人类，但它毫无胜算。如果母亲在，一定能扑倒他们，把他们的血肉变作冬眠前丰盛的大餐。不过，它不需要再忍耐多久了。当它的力气用光、意识慢慢消散以后，就再也不用担心饥饿和寒冷。

野猪皮的神情中带着惊讶和释然。他从未料到铁箭棱有足够的勇气提出这个问题，因为同样的问题已困扰了他十五年。自他用兽皮包着铁箭棱从发撒的营地出走后，他一直在寻找一个确凿的答案。他所疑虑的不是自己能否像一个父亲那样爱铁箭棱——答案不言而喻——而是铁箭棱能否视他为父亲；这很重要，因为只有在铁箭棱的心中存在一个父亲（无论那个父亲是他还是其他人），那么在铁箭棱与别人共同搭建毡房后，他才能成为一个比自己更好的父亲。

同时，他也松了一口气——终究还是铁箭棱先问出了口。

扪心自问，自己与铁箭棱一样大时，一定不能如此坦率地面对父亲——他不会忘记当年是谁偷了一张弓，再将罪责嫁祸给最好的朋友的。他感到欣慰，因为眼前的年轻人强过年少的自己，而且说到底是自己养育了他。或许他做得没有那么糟。

作为父亲，他必须回答。于是他告诉铁箭棱："我愿意给你一个明确的、能使你心安的答案，而且我希望自己回答：是，你应该视我为父亲。但铁箭棱，我不能，因为就如同全知的杉林也不能告诉灰耳朵她是否应该吃下父亲的血肉，这是一个人通过抉择才能寻得的答案。

"不过你不必害怕犯错。因为任何遵从你内心的抉择，必定是最好的抉择。"

"我不了解我的内心。"铁箭棱说。

"那就从这个洞穴走出去，跟着你的马去祖先的杉林。如果你还能离开这儿——你一定可以，因为你是灰耳朵的子孙——就回到部落中，找一个你喜欢的人搭建毡房；或者去你没去过的地方。你会遇见库伽人、苏库人、呼兰人，甚至是狼种人。对了，你可以去大草原与海的边际，看看你父母生活过的部落。铁箭棱，你的旅程不会一路顺风，有时灾祸和心碎将不期而至。但某一天，当你跋涉在雪地中，或在篝火旁看到北方的鹿角星，你就会与你的内心相视，就会知道自己应做的抉择。我无法告诉你那一天多久之后才会到来，但只要你不停地前行——像灰耳朵一样不停地走出杉林、雾地、草原、沙漠——终有一天你将与它相遇。"

无论他今后能否将野猪皮当作父亲，此刻的他不过是一个聆听教诲的儿子。在最后一个问题脱口而出之前,他发现问题早已有了答案。野猪皮从未在他的任何一段记忆中缺席:是野猪皮攥着一把羊拐骨,坐在烈日下的河滩上和他玩耍,手比闪电更快,比鱼更灵活;是野猪皮用栎木削了一把猎刀,却被他嫌弃是假的;是野猪皮在他第一次骑马时扶着他的后背,直到他找到了平衡才悄悄撒手;是野猪皮在春猎前夕一反平日里的沉默,巨细无遗地讲解杀生之礼。拉开的第一张弓是他制作的,拿起的第一把猎刀是他锻造的,举行熊赐时的大君是他扮演的——还有什么?他所居住的毡房、身上所穿的皮袍、口中所吃的肉所喝的奶,一切自己以为应得之物,都来自野猪皮的经营。但正因野猪皮无所不在,铁箭棱才要挣脱;于是,连他的违逆也成了野猪皮的馈赠,而如果他不曾违逆,他们的血肉就永远不能碰撞到一起,他也永远无法知晓那个父亲本不用说出口的答案。是的,毫无疑问,我一直把你看作我的孩子——野猪皮必将这样回答。

虚弱代替理智安抚着小熊。它静静地蜷缩在洞穴最深处的角落,呼吸平稳而缓慢。对于食物的渴望占领了它的意志,同时一点一点地消耗着它最后的生命。能伤害熊的野兽不多,于是饥饿成了它们最大的天敌。在母亲注定不能归来的那一刻起,它的死亡就已注定。它等待着漫长的过程终结,仿佛弥留于病榻的人类。不过,对于熊来说,应该无所谓什么未了的憾事。连豁达都显得多余。

但生命本身就是一件未了之事。小熊感知到有什么在接近它的家，而且闻起来像某种猎物。于是它站了起来，抬着鼻子，一点点地挨近洞口。终于两个人类也发现了洞外的动静，暂时从他们沉重的忧郁中解脱。

铁箭棱抽出猎刀，屏息走入洞口左侧的阴影，尽量不让脚步发出声音。他们既然听得到洞外传来的踩雪声，对方或许也能听到洞内的声响。他不知道等待的是什么：坠落的树枝？一匹寻找庇护所的狼？还是虚弱的母熊？在雾地，或者说在任何一片飘散着雾气的森林中，没有什么是确定的，包括什么可能发生以及什么不可能发生。当身体渐渐被火烤暖时，铁箭棱原已认定母熊不会归来，但接下来，利爪和獠牙或将证明那不过是一厢情愿的误判。

某种爪子、脚或蹄子踩在雪上的声音越来越近。现在至少能确定声音来自一个活物，因为传来的还有间歇的喘息声。铁箭棱调整了一下握刀的手势，使自己握得更紧一些，直到手心有汗水微微渗出。抬起，落下，抬起，落下——即使在风的呼啸中，雪被扬起再踩压的声音也清晰可辨。不管是谁或什么在走，它一点也不急躁，只是笔直地朝洞口走来，笃定且不带犹疑，仿佛能看穿厚厚的石壁与黑暗。

事实上，只有铁箭棱表现得如临大敌。小熊虽然有所戒备，但它所显露的毋宁说是一种好奇。野猪皮则像一个初次出猎的稚嫩猎人，对于可能性命攸关的动静毫不关心。不，他一定也注意到了，只是不感到意外。他与洞外的来客已经预知了即将发生的会面。

"不要怕，铁箭棱。"野猪皮对儿子说。

虽然心中仍然紧绷，铁箭棱的肌肉却松弛了下来。一直以来，无论他如何违抗野猪皮，父亲的声音总能让他感到安心。在野猪皮教他射第一支箭时，野猪皮说"看着箭尖"，他就会盯着箭镞最尖的一点，不受控制的双手立刻恢复稳健。随着年龄增长，他像所有十几岁的孩子一样开始轻视父亲，但总有一些时候他发现，自己最终还是会顺从那个他想违逆的指示。

当脚步声停在洞口时，他向外探出头。由于适应了洞中的黑暗，原本柔和的日光在雾中刺得他难以睁开眼睛。他只能隐约分辨出一个高大的、以四条腿站立的形体。他知道父亲是对的，自己不需要害怕，于是走出了为熊和人遮蔽风雪的山洞。

在他触摸到对方的头顶之前，他已经看清了它的全貌。

它的身上有那么多的雪，使它看起来几乎是一匹通体纯白的马。它似乎又长高了些，如果不挂上一只单脚的马镫，恐怕再难以轻巧地跨上它的背。还有那一双灰色的耳朵——就是因为它们，他才不假思索地对它说出了祖先的名号。灰耳朵，你为何离开？又为何来到这？他知道自己的问题一个也不会被回答。

"这是你的未了之事。"他听到野猪皮在身后对他说。

他不知道父亲想说什么，就如他不再能分辨哪些是巧合、哪些是祖先的安排。自他在蛇地的草原上遇见灰耳朵，每一个决定，包括灰耳朵的命名，都由他自己掌控，乃至灰耳朵的走失也可以解释成他的失误。另外，他和父亲在雾地中也从未目睹传说中的怪物，似乎足以证明传说的虚妄。

然而，他该如何解释在追了一匹马两天两夜之后——为此渡过不归之河、身处雾地之中——那匹马却在一头熊的洞穴前找到了他们？又该如何解释夏木临行前给他们的谶语？

在触摸到灰耳朵的那一刻，他无法确定什么是真实的，也无法确定自己愿意相信哪一种真实。

但疑问只是一闪而过。失而复得总值得高兴。他兴奋地对野猪皮说："你可以骑在它的背上。灰耳朵既然能进入雾地，就一定能走出去，说不定还可以顺便带我们去杉林。"

"我会进入杉林。但不会骑在它的背上。"

"我越来越听不懂你说的话。"

"铁箭棱，你要做的事完结了。我的还没有。"

"我已经知道了我的身世。还有什么没有完结？"

"我小的时候曾经偷过父亲的一张弓。被他发现后，为了逃避责罚，我骗他说偷弓的是我的一个朋友。面对父亲的质问，我的朋友当然一无所知，于是父亲也只好作罢。等到我举行熊赐的那一年，我早忘了那张弓被我丢到了哪个角落。可是你知道吗？在熊赐的火塘边，装扮成大君的父亲出场时手里竟拿着它。在旁人眼里或许莫名其妙，但当时的我只庆幸有面具挡住了我的脸。熊赐结束后，父亲既没责骂我，也没做任何解释，但我再没见过那张弓……"

"你如果还有故事，我们可以回到部落的火塘边慢慢讲。"铁箭棱打断了他。

"不，你还没理解我的父亲想对我说什么。其实直到你举行熊赐的那晚，我也没想通。他为什么特意在我成人之际特意展示一件被我偷走的物件？当我从熊皮中掏出那颗牛心递给你时，我忽然领悟了。他想告诉我的是：被拿走的，终究应该偿还。"

"我不明白。你还需要偿还什么？"

"不是我。是我们，灰耳朵的子孙。"

铁箭棱明白了父亲想做什么。他一下抱住野猪皮，将他拖向洞外。但野猪皮的身体冰冷而僵硬，如同一具尸体，任凭他用尽了力气也纹丝不动。

"铁箭棱，我的旅程已经结束了。"

"《乌丹夏木》不过是一个故事！故事不就是人们捏造而成的谎言吗？从来就没有过一头熊挖出自己的心脏给我们的祖先，就像雾地中从来不存在什么三头乌鸦和流血的杉树。我一直都知道！我一直都知道！"

"不过你的质疑已经变得不那么坚定了，不是吗？而且，我们所经历的未必比一个传说更加真实。从发撒回到部落后，每次从那些可怕或怪异的梦中醒来，我都会有一个奇妙的想象：我的出生、熊赐、狩猎，乃至身为发撒的罪孽，不过是另一个《乌丹夏木》中的情节，而吟诵这个传说的夏木无比高超地刻画着世界，构思着每一个人的所思所想，以至于连我们自身都相信这是真实且唯一的现实；我们更不愿轻易承认，心中的好恶和愿望皆非我们所有，而是一个吟诵者内心的倒影。

"那么，就算如你所说——《乌丹夏木》只是一个放羊少年杜撰的故事——灰耳朵又何尝认为自己的人生是虚妄的？而我们的子孙，如果只能通过传说得知我们的事迹，又有什么理由相信，我们的困境与奋斗、期待与失望、出生与死亡，都曾真的发生过？

"铁箭棱，分辨真实与虚假是我们的天性，但很多时候，我们能做的还是只有选择——选择相信或不相信。我知道，选择不是一件容易的事，但不要怕，你早晚都会有一个答案。好了，你的马等不及了，熊崽子也等不及了。"

说完，野猪皮一把将儿子推向洞外。

当铁箭棱尝试回到洞中的瞬间，一阵强风吹塌了山壁上方的积雪。雪如"海"的巨浪一般奔涌而下，像一只冰冷的巨手扼住了铁箭棱。混乱中，他抱住了灰耳朵温热的身体，被它拖着从掩埋他们的雪中挣扎向上。要么立刻逃出，要么因窒息和失温而死——对于他而言，这是此刻唯一的抉择。

当他们终于挖开头顶的雪，发现洞口已完全被雪封堵。祖先的意志表达得不能更明确。

那也是野猪皮的意愿。无论如何，那头小熊必能活下去。吃饱后，它只需要挖开一点缝隙透气，然后在冬眠中等待下个春天的第一声轻雷。如果它顺利长大，它将有自己的子孙，而有一天它的子孙们将吟诵属于它们的传说——尽管人类不会理解。但谁知道呢？那传说必将提起一个洞中的两脚之兽，是他以血肉喂养了祖先；从此，它们渡过的溪流便是他渡过的，它们所猎获的便是他猎获的，它们的血肉便是他的血肉。

灰耳朵发出一声嘶鸣。该走了。他用野兽之语说。使者的使命已经完成，现在他将成为小矮子的引导者。可小矮子一动不动地站在原地，低着头。

因为，当所有的安排和心愿都已尘埃落定之时，铁箭棱唯独还有一件未了之事，而且将永远不能完成。他还未跟父亲说起那个早上与他在一起的少女是谁。他还没告诉他，在春猎中她如何割破了一头母鹿的脖子然后吸吮它的血，还有他们在马厩内的嬉戏，他们即将搭建毡房的计划，以及期望获得的祝福……

他还未向他袒露在雾地中做过的梦，在梦中他们一家人刚刚迁徙到一处温暖、水草丰茂的草地，他们父子在火塘边，一边唱歌一边痛饮蜜酒，而一旁的孩子们头戴鹿角，模仿着祖先的事迹。从此，他只能将本来为父亲准备的故事一遍又一遍地在自己心中重复——因为他本期望一个精彩的故事能换得他的谅解。至于是否有另一个世界——不管是杉林还是什么其他地方——能让父亲听到自己的故事，正等待他去探寻。

最后，在完全的寂静中，他骑上了他的马。

3

以我之发,以汝之名,此誓既成,永不相弃。

——《乌丹夏木·系发之章》

她一手抓着水草、一手拖着长眼睛从冰冷彻骨的河水中走出,所有的雾都已在身后。迟疑了片刻,她抬起头,第一次看到了未被树冠遮蔽的天空。天空有着她尚未见过的一种颜色。那有些像初生的杉叶,也有些像差点使她丧命的河水。但很快,她不再尝试用杉林中的事物来进行粗略的比喻。她已经来到一个不能轻易被形容的世界。

很久之后,她才将视线从天空移开,看向与天空同样广阔的草原。从她站立的位置直至天空与草原相遇的边际,没有一棵树或一块石头能阻挡她的打量,就像杉林中所有的空地同时陈列在她的眼前。她无法判断走到尽头需要多久——半天,三个夜晚,或在死前都不能到达。

一阵剧烈的咳嗽提醒她并非孤身一人。咳出了肺部的水,她的同伴总算捡回了一条命——并将继续成为她的负担。但她不得不承认,正是因为身边有了这个负担,她才有可能走出雾地，正如杉林曾许诺她的那样。

原本灰耳朵以为，只要吃下大君的心，自己向往但丝毫不了解的外界就会变得触手可及。从来没有人告诉她，在吞咽了大君的血肉之后，鹿角会从她的头顶脱落，再像雨后的蘑菇一样倏忽间长成另一个与她相似又迥异的生命。而且他似乎并不打算从她的身边走开。她无法想象要如何带着这个弱小、怯懦的家伙穿过那片被迷雾和欺诈占据的森林。如果鹿角脱落后只是一对鹿角该多好，那样至少她还能履行与怪家伙的约定。

不过，她没有时间关注不能更改的过去。她必须趁怪家伙还没赶来前离开，即使得带着一个累赘同行。她并不担忧违誓的后果——其实她还不甚理解誓言的意义——但她知道，与怪家伙碰面意味着必须为自己辩驳或承认自己的过失。对她以及她日后的子孙们而言，两者显得比战胜大君更为艰难。

自他们踏入浓雾，长眼睛就一直跟在她的身后，既不敢走得太近，又不敢离得太远。除了担心她暴起挥拳，他对幽冷和混沌不清的前方更感到不安。相比之下，杉林内的环境要舒适得多。在巨大的杉树之间，他觉得自在、温暖，如一个站在成人中间的孩子。

离开不是他的本意。当女人迈开脚步，他只是不由自主地跟随，就像有某种原因使他认定：既然出生后第一眼看到的是她，她的身影就不应该从他的视线中消失。

而她从来不管他能否跟上自己的脚步，或者说无暇顾及。她比任何人都清楚雾地的凶险。一个分神，她就会迷失方向，随之而来的将是身体与意志的双重湮灭。她可不能寄望于影子带她返回杉林。返回无异于失败。她有多么想活着，就有多么想走出去。

事实上，她有什么理由相信这一次能比上一次走得更远？没有翅膀从她的后背长出，她的眼睛仍然无法穿透雾气。唯一的不同是头上的重量减轻了些，但那至多让她走得快一点。在雾地，走得更快不过意味着更快地脱离安全，更快地踏入虚无。况且头上的负担并未真正消失——它变成了一个更大、更难以摆脱的麻烦跟在她的身边，干扰着她的思维，拖慢着她的脚步。

在三日三夜的跋涉中，自他发现恐惧能被语言打消，长眼睛的嘴就变得比他的脚步更为勤快。或许因为他说话的能力与生俱来，他不像灰耳朵一般，在多数时候安于沉默。一上路，他就不断地询问她关于路上所见到的一切。这是什么？那是什么？她本不想回答，但在听到问题的同时，问题也变成了她的疑惑。许多事物尚不能被精确地称呼：一朵花只是一朵花，而不是一朵蔷薇或芍药；一颗果只是一颗果，不是一颗刺莓或山梨。然而，每一朵花或每一颗果之间的差别却显而易见，令她无法搪塞过去——甜的是果子，酸的呢？红的是花，白的呢？于是她不得不认真地在内心思索。但无论多缜密的思考都不能带给她答案，反而会让她陷入比雾地更难以脱身的迷宫。

她该如何为一个无名之物寻找名字？那就像在一棵本不存在的杉树边寻找树的影子。终于，当她放弃苦思，没来由地对着长眼睛所感到好奇的每一样东西张开嘴，一个个或长或短的名称脱口而出，像杉果成熟后从树冠自然地脱落。在她开口前这些事物本没有名称，而从她口中冒出的名称便成为了她的子孙们称呼这些事物的名字。

渐渐地，辨认和命名占据了旅途的焦点，甚至冲淡了灰耳朵内心对于雾地的警惕。奇怪的是，灰耳朵独自进入这里时所经历的危机再没发生过。她不再有意识地留意方向，因为她从未感到方向丢失。他们只是穿过一层层的雾障，看到雾背后所隐藏的，经过一番问讯和回答后再继续向前。有时劳累会让他们停下，但他们总是迫不及待地再次上路，因为总有未知的动物、植物、石头，还有更多无法归类的事物在路途上出现。似乎万物都在雾地的某一个角落隐藏着，等待被他们找到以听闻自己的名字。

唯一的烦恼来自那些不可被命名的。当长着三个头的乌鸦停在了长眼睛的肩膀上，从惊恐中恢复平静的他像往常一样问：这是什么？她本以为当自己开口，一个不甚悦耳的音节将回响在她的喉间，然而什么声音都没有发出。她就那样张着嘴，好像被堵住了呼吸。尝试了几次后，他们只能沮丧地继续前行。除此之外，还有一条长着六条腿的蛇、一棵流着鲜血的杉树、一头没有脸的野猪无法被称呼。还好不可被称呼的总可以被描述，因此她把这些描述给了长眼睛，而后长眼睛描述给了他们的孩子黑耳朵，黑耳朵又描述给了乌，乌描述给了丹，丹在三百年后描述给了利齿，所以她的子孙们才知道不是所有的事物都可被命名，而未被命名的也许真实不虚。

在第三个夜晚即将结束时，隔着最后一层雾障，他们听到了一阵流水声。泉眼或溪流的流水声在杉林中并不罕闻，但与他们现在所听到的相比不过是蚊哼蚁鸣。长眼睛知道那必定不是"溪"，也不是"泉"，而是另一种等待灰耳朵命名的东西。对于灰耳朵，那声音与杉林的交谈有几分相似，从不间断，就像有无穷无尽的话想要倾诉。她侧耳，却无法从流水声中领会一个字。

终于，当他们跑过雾障，看到了晨曦下湛蓝的河水以及水下累累而卧的白色鹅卵石，长眼睛开口问：这是什么？灰耳朵也想知道，于是她在雾地中最后一次张开嘴。

她说：不归。

这就是被她的子孙视为人世与幽冥边界的不归之河。不过，直到灰耳朵到达了遍布河流的蛇地，她才第一次以"河"来称呼这类蜿蜒的水域。没有一个夏木能解释得清，她们的祖先为何在第一次见到河流时说出的是一个莫名其妙的名字。有的人说那是因为灰耳朵不愿再归来，另一些人则认为那预言着跨过这条河的人将不能返回俗世。

不管她脱口而出的是什么，不归之河总归是他们走出雾地前的最后一个障碍。游泳和造船术尚未被发明，他们能做的只有用猎刀砍下一根粗杉木，然后抓着这根木头走向河中。

很快他们就知道这不是一个好办法。在水漫过皮肤之前，她从不知道冰冷的河水可以比猎刀更锋利，更为孱弱的他则在走了两步之后就双腿抽筋。杉树枝能助他们浮在水面，但易受水流的左右，所以到了不能立足的深度，他们失去了控制。如果不是灰耳奋力蹬脚，使他们稍稍靠近河岸，她就永远无法抓住那些水草；如果她未能抓住那些水草，他们大概会随着水流沉沉浮浮，和树叶和木块一样漂向下游；等他们连杉木都不能抓住时，必会像石头一样沉入河底。所以，当灰耳朵用被岩石撞得鲜血淋漓的膝盖爬上岸，她才会迟疑片刻再望向天空。

至少在那个瞬间，没有什么新世界比他们的存活更像一个奇迹。

长眼睛虚弱地趴在草地上，还没意识到自己已脱离了死亡的网罟。死与生一样，是他还不能理解之事，但自水开始涌进他的肺部，他感到自己缓缓地滑向一片黑暗。黑暗的另一头是什么他未能目睹，因为在到达黑暗之前，他湿淋淋的身体已被灰耳朵重重地拖放在岸边。那一下使他咳出了呛入的河水。

黎明的阳光洒在了他的背脊上。他从未感受过如此炽烈的日晒，仿佛皮肤上的水珠在一瞬间被烤干了。渐渐眼前的黑暗被光明取代，然后有人朝他走来，光再次被对方的影子遮蔽。

"走。"有人对他说。

他含糊不清地问去哪儿。她不回答，只是向他伸出了手。

他们向无垠的草原走去。这里的草要比杉林中的灌木茂盛得多，必须一边拨开前方的草丛一边前进。长着翅膀的小虫被脚步惊扰，从草叶上飞起，在他们的耳边嗡嗡作响，不管怎么驱赶都不肯离去。这里的风也比杉林中的更长久和猛烈，吹得草不停地摇曳和相互摩擦。但她再也听不到杉树之间的私语。这个世界的植物更为纯粹，从不为知识所累，只是自顾自地发出无意义的声响。虽然显得陌生，但在这儿他们不需要保持警惕。所有的秘密一览无遗，即使有什么隐藏在草丛中，似乎也不构成威胁。他们的脚步在不自觉中变得轻快了。

他知道她在寻找血肉。在他有了生命后不久，她曾当着他的面用长矛将一只野兔钉在树上，再用猎刀剥掉了它的皮。面对她递来的一根血淋淋的兔腿，一时间他被吓得忘却了饥饿。但很快他知道自己必须吃下被她称为"血肉"的东西，无论他有多不喜欢血肉所散发的腥臭。一路上，即使在雾地，他的同伴也一直为他提供着血肉，正因如此他才有力气勉强地跟她到达不归之河。渡河耗尽了他们的能量，惊魂初定后，他的肚子开始发出雷声般的轰鸣。想必她也一样。

说到底，她也不知道会找到什么样的猎物（或者能否找到猎物）。好在无论是什么野兽，被剥去外皮后的肉都相差无几，或许有的老一些，有的嫩一些，但只要能被长矛或猎刀刺穿，就意味着能被牙齿嚼碎。而她的猎刀曾刺进过大君的身体，她的牙齿曾撕裂过大君的心脏，还有什么不能为她所食？

在平原上，脚步有时比眼睛更快。当他们走完了原本以为一天才能走完的路程，太阳才刚刚升临头顶。草叶上最后的露珠挥发成了转瞬即逝的水气，空气变得燠热，但又像阴冷的雾地一样暧昧不清。他抿了抿干燥的嘴唇，竟然有些怀念渡河时呛入的清洌河水，虽然眼前只有一摊半泥半水的坑洼，但他毫不犹豫地用嘴贴着水面喝了起来。

喝饱了水，他发现灰耳朵已不在身边，地上则插着她的长矛。站起身后他才看清，她的身影已把自己远远地甩在身后，而在更远的前方聚拢着一群四条腿的野兽。在杉林中，他曾见过一头类似的野兽。不同的是野兽头上长着一对又长又宽的树杈。当时，它突然从一棵杉树的背后跳了出来，吓了他们一跳。然而，待他的同伴看清了它，却缓缓地放低了她手中的矛，然后带着他退到了野兽的视线之外。他无法理解为何野兔被她剥皮剔骨，而那头野兽却免遭伤害。不管来自何处，反正血肉的气味总是一样难闻——但对他们又不可或缺。

杉林外的野兽们显然也注意到了她的存在。它们停止吃草，微微地抬起修长的脖子，向她投来好奇的目光。虽然她以两条腿行走的方式不无怪异，但她似乎未抱有敌意，于是它们又恢复了撕咬、咀嚼和吞咽的循环。它们吃得很慢，只要不被狼或其他捕猎者打断，进食可以持续一整天。她看上去实在不像值得警惕的威胁。它们还不明白长矛和猎刀为何物。

不过她既没携带长矛，也没解下系在腿上的猎刀。她径直向体型最大的那头野兽走去。那必定是群落的首领，正如鹿群的首领也总由最健壮的雄鹿担任。虽然头上无角，它们比她曾经的族人更为高大，且四腿修长，肯定更善于在平地上奔跑。如果贸然袭击，两条腿的她必追赶不上，而她也不能寄望于长眼睛的帮助。在与大君搏斗时，她就有所意识，她的身体既不比其他野兽强壮，速度也未必更快，但她具备了即使怪家伙也难以望其项背的聪慧。聪慧——或者不如说狡诈——使她懂得掩盖自己的意图：她要走得够近，再出其不意地出击。她也懂得判断，如在鹿群中一样，当群落的首领殒命，余下的野兽们将落荒而逃，无暇对入侵者群起围攻。她之所以能成为致命的捕猎者，正因为她曾作为猎物生存；她深谙猎物的恐惧，所以知晓如何利用恐惧捕获猎物。

她已能够闻到从猎物身上散发的粪便味，但最好的时机还未到来。她还能再走近一点——待一伸手就能触摸到它的脖颈，她才应抽出猎刀。同时她得保持专注，屏蔽一切可能干扰她的声响。这比在幽静的杉林中困难得多，因为从草叶上飞起的小虫到处扇动着它们的翅膀。不时会有虫子飞近她的耳孔，为了暂避溽热的正午，或将她的耳朵误认作一朵盛开的花。那几乎比怪家伙的笑声更令她烦躁。她无数次地挥手驱离，它们便无数次地归来。终于一股怒火从她心中生起。她一巴掌打向自己的耳朵。小虫被拍死了，耳朵也被打肿了。

这个举动引起了群落首领的注意。它竖起耳朵，观察着她的变化。在拍死虫子的一瞬间，她脸上的肌肉变得扭曲而紧绷，牙齿咬得死死的，既像忍受痛楚，又像在享受。它只在一匹快要饿死的狼身上见过这等模样，于是它一边后退，一边发出嘶鸣，以警告对方不得靠近，同时提醒同伴们来者绝非善类。但她已放弃等待，一个箭步抱住了首领的脖子。

群落中的其他成员不安地在他们周围打转。强壮的慢慢靠近，而年幼弱小的退到了外围。它们似乎还不能完全理解她的意图。虽然眼前的一幕更像嬉闹，但首领的确发出了捕猎者来袭的警示。无法挣脱的首领开始向空旷处疾奔，想尽量把危险带离群落。

灰耳朵低估了对方的力量。奔跑时，它猛烈地摇摆着脖子，使她根本无暇拔出腿上的猎刀。她耐心地等待它放缓脚步——只要一瞬间，她就能划破它的喉咙。如她之前所料，它们果然是天生的奔跑者。在她所认识的鸟兽中，或许只有鸟的飞翔能与它的速度并驾齐驱。风和厚重的呼吸从她的耳边呼啸而过，颠簸让她感到头晕，不得不用腿钩住了它的脊背。终于她呕吐了起来，但它丝毫没有慢下来的意思。情形变得好像她才是一个被裹挟的受害者。

随着太阳向西偏斜，正午时积攒的热度一点一点地消散，她刚刚开始熟悉的世界再次变得陌生。旷野变换着颜色，从杉叶般的蓝绿变得金黄，再变成一种近乎黑暗的深蓝。风也变得更为寒冷，像鞭子一样抽打她无毛的肌肤。从不知道多远的地方传来此起彼伏的狼嗥。夜晚代表着恐惧和不安——在哪个世界都一样。

就在夜还差一点才到来前，第一颗星星在东方显现。谁都还没彻底放弃，不过灰耳朵和她的猎物都已筋疲力尽，一个踽踽而行，另一个勉强地搂着对方的脖子。

两脚之兽。你应该放我走。 她听到猎物用野兽之语对自己说。可她不愿在回答中浪费力气。

两脚之兽，等天完全黑下来。你我都会被狼咬断脖子。 它继续说，喘着气。

那就让我割断你的脖子。这样至少我能活下去。她不耐烦地说——她的耐性越来越差。

血的气味只会更快地吸引狼找到你。结果都一样。 它语重心长地劝说。

既然结果都一样，我不如现在割断你的脖子。她说着，就是没有力气拿起猎刀。

不，不。为什么一定要有谁的脖子被割断或咬断？它说。

灰耳朵等待它说下去。

我们不如成为伙伴，怎么样？

伙伴？她第一次听说这个词。

你看，你需要的只是捕猎，对吗？但只有两条腿有点麻烦——在这里，两条腿的可追不上四条腿的。就算今天你吃掉我，但明天呢？后天呢？大寂静来临之后呢？伙伴，我替你担忧。

大寂静？

你不知道？难怪，难怪。但凡经历过大寂静的，行事都不会如此草率。总之，你得相信我，你需要一个可靠的伙伴才能在大寂静中活下去。

到底什么是"伙伴"？

成为伙伴就是一起生存——包括一起狩猎和抵御捕猎者。即使在大寂静中，伙伴也不得相互抛弃。

怎么成为伙伴？

很简单，只要你不把我当成猎物，我就允许你骑在背上——放心，我可以让你不那么难受——这样你就相当于有了四条腿。不是吗？

虽然她想象出的画面有些怪异，但不能否认这是一个绝妙的设想。骑着它如同骑在风上一样，肯定能追上不管有几条腿的猎物。而且在这个看上去比杉林更加复杂且广阔的世界，她的确需要一个经验老道的向导——或如它所说：伙伴。

于是她说。好，我们成为伙伴。但你需要一个名字。

名字？那是什么？

名字就是名字。你的名字叫星眼睛。

接下来，灰耳朵便与她所遇见的第一匹马立下了永世的盟誓。她承诺不以它们的血肉为食，而它承诺视她以及她的子孙为伙伴——只要她的子孙能像她一样在马背上停留至第一颗星星升起，并给胯下的马起一个名字。灰耳朵为了提醒她的伙伴（因为她太了解誓言的不可靠性），便割下自己的两束头发，分别绑在了它的左前腿和右前腿；这样只要它一跑动，就会想起那个黄昏中的约定。

七个月后，当他们在寒冷和饥馑中共同挨过了大寂静，她才将发结取下，因为她已确信，即使他们的后代遍布于连他们也未曾涉足之地，誓言都不会改变。

当草原上的一切变得影影绰绰，灰耳朵骑着星眼睛回到了马群和长眼睛身边。长眼睛在夜风中瑟瑟发抖，呆望着在黑暗中迫近的她，仿佛迎面而来的不是一路同行的同伴。在傍晚的光线下，从远处望去，骑在马背上的人的确像极了一个半人半马的怪物。那是他第一次独自面对未知的威胁。灰耳朵是否已被吃掉？他的两条腿又能否逃过怪物的四条腿？即使成功逃离，他应该去哪？他该如何获取血肉？该如何取暖？他第一次感受到，这个世界有那么多的问题，又有那么多的可能性，而他只有一双眼和一张嘴；还有，他想到了，除了恐惧和逃跑，他也能像灰耳朵一样举起长矛，屏住呼吸，等待敌人露出破绽；毕竟他的身体中也流淌着她和大君的血液，他的子孙也将以骁勇善战而闻名。

直到怪物停住了脚步——直到灰耳朵从星眼睛的背上跃下——他才重重地呼出一口气。

尾声

男人和他的马终于来到有芨芨草生长的地方。

风越来越干燥,砾石取代了松软的泥土。继续向前,他的马将不得不适应以芨芨草为食,并在硌脚的石滩上行走。

短暂的雨季即将开始。男人到达的时机刚刚好:早一些,他将在最干旱的时候进入大流沙;晚一些,秋雨将变成冻雨,比雪更为寒冷。不过他和他的马不害怕寒冷。他们曾一起活过很多个冬天。

他在一座山坡的背风处燃起火堆。点火时,他只舍得用一小块干牛粪。还好芨芨草是不错的助燃材料。火很微弱。马靠了过来。夜还很遥远。

他从马背上解下包袱,最后一次点检物资:皮水袋、肉干、备用的打火石、干牛粪、亚麻头巾、大鞋子、木息、斧头。如果省一点,水和肉干足够撑六天。干牛粪不太够,但至少会有马粪;马粪在沙漠中会很快脱水,成为可燃的材料。亚麻头巾用来遮阳和阻挡风沙。虽然雪不会积得太厚,但大鞋子能用来在流沙中行走,而木息能在迷路时帮他找回方向。据苏库人说,沙漠中会刮起狂风,被扬起的沙子会像雾一样弥漫四周。尽管曾在各种险境中死里逃生,但男人仍然怕在雾中行走。

唯一看似没什么用的东西只有斧头。他背上的弓箭和腰间的猎刀足以帮他对抗一般的野兽。但曾有人对他说过:你会感谢我带上它。过了那么多年,纠结一番后他还是听取了那个人的建议。

这些是一人一马所能携带的极限,但并不充足。如果传说可信,他们将在沙漠中走上十四个夜晚。苏库人说,一人一马不可能在大流沙中活过十四个夜晚。

但他和他的马还是来到了芨芨草开始生长的地方,因为他的马一如既往的镇定,仿佛前方最大的困难不过是适应干涩的芨芨草。他相信他的马,胜过相信任何人类。它比任何人都懂得自然的规则。只要它还愿意前行,他们就一定能走完十四个夜晚。

第一个夜晚他将在山坡下度过。在明日的太阳升起前,他将跨越草原与沙漠的边界。趁日照还未变得过于毒辣之前,他或许能找到一处阴凉的休憩之地,如一株胡杨之下或两座沙丘之间。如果能得到祖先的眷顾,说不定还能找到一摊没有干透的水洼。当然,明日仅仅是明日,明日之后还有十三个明日。但只要他们多活过一个明日,就离目的地更近了一些。

第一颗星星已然升起。月亮纤细如他妻子的眉毛。在这样的夜空中,鹿角星会像一座遥远的火塘在北方被点燃。他停下手中的事,面向北方,专注地等待着。只要疑虑还未从他心中除尽，他就不会错过这个时刻。

同时，在鹿角星应该出现的方向，一头野兽正向他们走近。它身材高大，背上如两座山丘一样隆起，四只宽大的蹄子在沙砾上健步如飞。那是他还不知如何称呼的一种野兽。

马兴奋地上下踩踏着，仿佛催促他行动。但他不能立刻行动——他还要思考。

新的故事中应该有新的伙伴，而新的伙伴要有新的名字。

后记

《灰耳朵》的初稿完成于2020年1月。当写下铁箭棱和灰耳朵在沙漠的边缘与陌生的野兽相遇、正要踏上新的旅程后,我终于确信自己完整地讲述了一个故事;我可以暂时放下故事中的草原、杉林和部族,去准备迎接即将到来的春节。那一年我和妻子决定留在杭州的家中过年,只为了避开走亲戚的麻烦。当时,还没有人想到,我们所处的时间点与小说的开头不谋而合(三个夜晚之后——不,也许只要两个夜晚——暴风雪就会到来)。用不了多久,我们,以及这个星球上所有的人,将进入一个剧变的时代。

时间回到2010年秋,我在新疆的禾木村。那时候知道禾木的人还不多,当地没有几个游客。某个傍晚,骑了一天的马后,大腿根被磨得火辣辣的我来到了草原与森林的交界之处。一边是参天巨树,另一边广阔无垠,只有两个哈萨克族牧人悠闲地放羊。他们的马啜饮着蓝色的河水。我所看到的,便是生长出《灰耳朵》最初的种子。当然，十年前的我还不清楚要写一个什么样的故事，甚至还没有自信能写出一个故事。我只是想写，于是种子开始在我看不到的角落里生根发芽。

2019年年初，时机总算成熟了。我有了一点空闲来写长篇，也足够自信，最重要的是种子还在。我决定动笔，虽然预感前路艰险重重。

不久，第一个困难出现了。我发现自己并不真正了解哈萨克族人的世界。自然，有足够的参考书记载着他们的历史、信仰和生活方式——精确到在宰杀牲畜前应该念的祈祷词，以及牧民的家中平均养有几头牛羊。然而，吸收了这些知识后，我仍无法理直气壮地讲述一个与哈萨克族人有关的故事。或许问题与信息储备无关，而是我压根不属于他们的世界。我不是李娟，没能有幸与牧民们在冬窝子里待一整个冬季。

在有心成为一个小说家之初，我便留意到每个作者都依托着一个他或她安于存在的环境——沉郁、闭塞的Sowesto（安大略省西南部）之于艾丽丝·门罗，亚马逊丛林中的新兴小镇之于马尔克斯，遍布着亭台楼阁的宅院之于曹雪芹，等等。他们甚至不需要刻意描绘这些地方，人物的每一句话、故事的每一个情节便能嵌入一个个自洽的世界。是的，自洽，没有什么是突兀的，没有什么是需要外界证明的。

我在现实中找不到这样一个地方。我最不会回答的问题是：**你是哪里人？**除去证件上的一个地名，在内心我哪里都不属于。实际上，不止北疆的哈萨克族，我无法自信地去写任何一个地方的任何一个群体，包括我所成长的城市和我身边的人。没有一个现成的"鸽子洞"[1]安放我要写的故事。

所以，我只能创造一个。这便是属于我的，也是属于铁箭棱和野猪皮的世界。它是虚构的，却近乎完美地解决了我的"障碍"。某种意义上说，我成为了一个创世者（让一切谬误都归于我）。创造时我感到筋疲力尽，但从未感到乏味和疏离。一方面，我拥有绝对的自由，可以决定山川的形状、部落的分布、人们的神话和语言。同时，我也是受限的，须听从我自己制定的万物法则；当我想添加、删除、更改什么，已存在的造物们便会成为我的阻力。有时候，我觉得自己被困住了，但一点也不想挣脱。这大概就是所谓的归属感吧。

在《灰耳朵》的背景设定中，读者依然能发现北疆草原的影子。乌丹人不能与现存或历史上的任何一个民族对应，但我的确参考了包括古斯基泰人和古突厥人等族群的文化习俗和传说。在此我想提及一本民族史著作，即王明珂的《游牧者的抉择》。是这本书让我理解，不管是哪一个时期或哪一个地区的游民部族，他们之间总有一些共性，而这些共性构成了《灰耳朵》世界观的基石，并决定了我应该写什么样的一个故事。

首先，草原人口稀疏，部落与部落之间，或"牧圈"与"牧圈"之间，往往隔着相当远的距离（所以乌丹人以"骑马到达的天数"为距离单位）。这决定了我不能描写错综复杂的

---

[1] 鸽子洞（pigeonhole），按照一种规整的方式构建的类属，但难以反映实际的复杂情况。——编者注

大家族关系——在旷野中,最紧密的人际关系可能是与一个陌生的骑手相遇。我的故事必然以距离为载体;换句话说,应该是一个与旅行有关的故事。不仅主角们走完了属于各自的旅途,我希望读者可以借助他们的眼睛进行一次探索之旅,去了解乌丹人世界的点点滴滴,关于地理、植物、神话、狩猎、仪式和战争。

旅途也与内省和成长有关。走在荒无人烟的路上,或许是一个人思考自我的最佳时机。这大概解释了我为什么会写一对寡言的父子。几乎所有的情感波动和改变都在沉默中发生,只有当最后他们不得不在山洞中隔火相望,才愿意吐露心声,而旅途的意义,也就是这个世界的意义,才会显现。

在严酷的环境中,游牧者的生存更依赖于动物,而不是其他人类,故人与动物的关系成为了我着墨的重点之一。一些动物是人的猎物,一些是人的伙伴,一些两种角色兼具;难怪乌丹人对野兽的情感是复杂的,既要用猎刀刺穿它们的心脏,又要感谢它们的"馈赠",信仰一位从母鹿变化而成的祖先。动物在我的小说中担任了重要的角色。在不同视角间切换的同时,读者可能会产生一个疑问:人和动物的界限到底在哪儿?以灰耳朵的神话来理解,一头野兽要获得什么(或失去什么)才能变成一个人?在一些文化中,孩童不算真正的人,是一种近乎野兽的"他者",而成长正是一个从兽变人的过程。为了纪念这一关键的转变,人往往需要进行某种仪式——对于乌丹人,自然就是"熊赐"。我想顺便感谢一下我的两只猫。是它们使我有机会无死角地观察"野兽"的行为举止,并从中获得启发。不夸张地说，无论是两个灰耳朵，还是山洞中的饥饿小熊，都带着一丝它们的影子。

《灰耳朵》的核心是野猪皮与铁箭棱这一对父子的故事。对于四处迁徙的牧人，一个人的父亲是谁很重要。例如，哈萨克族人的名字由本名和父名两部分构成——在告知他人你是谁的同时，也必须告知你的父亲是谁。但与其探讨父子伦理是游牧者的共性，不如强调"亲子关系"是"人"的共性。一个刚进入青春期的少年或少女在某天早上忽然发现自己无法再与父母交流。我相信这是人类的普遍经验之一。有时候，此类矛盾——特别是父子矛盾——会演变成悲剧（如《卡拉马佐夫兄弟》中的米嘉和老卡拉马佐夫），但我想写的是和解的可能性——他们该如何从对峙中解脱？如何将压抑在内心的想法透露给对方（在不爆发致命的冲突的前提下）？我无意为读者提供一个解决家庭问题的思路；如果有任何盼望，那无非是希望他们能在书中找到一副镜像，然后从镜像中多认识一点自己和自己的父母。说到底，亲子关系是一个人与另一个人的关系，而人与人之间似乎应该互相谅解吧。

篇幅所限，我所能讨论的就只有这么多。不过，既然你已翻到这一页，你大概已收获了本书的精髓——也就是《灰耳朵》的故事本身。我创造了一个世界，是为了有土壤供一个好故事生长。当故事完结，两个灰耳朵、铁箭棱和野猪皮已经与他们的世界不可分割。他们都在思索，草原、杉林和河流对于他们的人生——我们所读到的故事——到底意味着什么；他们的历险意味着什么，鹿角星、大流沙意味着什么，灾难意味着什么，传说意味着什么，未来意味着什么。他们所思索的，或许也是我们应该思索的事情。

最后的最后，我想感谢致力于《灰耳朵》问世的所有人，包括中信出版·大方和行距文化的工作人员，特别是本书的版权经纪人庄宇凡以及编辑夏明浩。如果出版一本书是一次旅程，那么他们无疑是我在路上最忠实的伙伴。我也不应该忘记我的家人，或者说"血肉"们；他们得抱有莫大的理解和宽容，才能够支持我从事"写小说"这样一项看似无望的事业。我想特别感谢故事的第一位读者，我的妻子李梦佳。厄休拉·勒古恩称小说乃作者和读者的"共谋"——所以"没有读者，就没有故事"。只有当李梦佳读完了粗陋的第一稿后，《灰耳朵》才不仅仅是一个我独自编织的想象，而从此能够打动他人。每个读者都是"共谋"的参与者。是她，以及你们，赋予我的文字意义。

李一洋
2021 年 7 月 29 日
于浙江台州

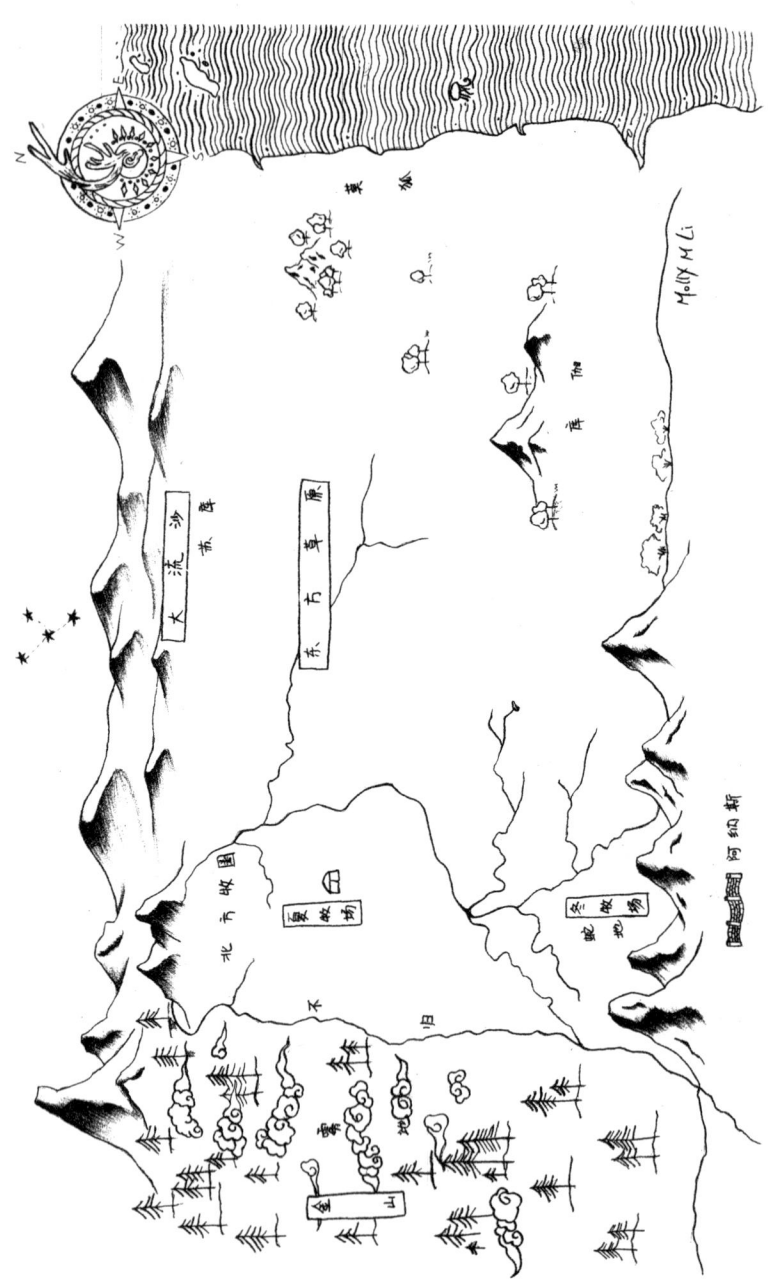